マジシャン　完全版

松岡圭祐

角川文庫
14997

目次

増える紙幣

男が沈黙を破った。

「目の前でカネが倍になる」

新米刑事の浅岸裕伍(あさぎしゆうご)は、びくっとして顔をあげた。

ずっと喋(しゃべ)らなかった参考人が口をきいた。

事務用椅子の背から身を起こし、ボールペンを手にとって調書に目を落とす。

狭い取調室にふたりきり。向かい合わせているのは無精髭(ひげ)に覆われた、浅黒い肌の男だった。

仕事は雀荘(ジャンそう)の経営者。店は杉並区の阿佐谷にある。家賃十万の貸し店舗に全自動雀卓を五台ほど並べただけの、簡素な店。暴力団と結びついているようすもない。すなわち、稼ぎもさほどではない。

そんな彼が、世田谷の高級住宅街に家を買い、高級輸入車を乗りまわしている。どこからカネを得ているのか。それを自白させるのが、捜査二課の浅岸の仰せつかった仕事だった。

「いま、なんといった？」浅岸はきいた。

「カネが倍になる。目の前で。そういったんだよ」

「すまないが……どういう意味だ？」

「質問に答えたんだよ」

「質問？　俺が、なにか質問したか？」

「あんたじゃなくて、ほら、さっきまでいた、おっかない顔をした刑事。あんたの上司が」

「ああ。舛城（ますじょう）警部補のことか。警部補はあなたに、どこで収入を得たときいた」

「で、俺は答えたわけだ」

浅岸はとりあえずボールペンの先を調書の空欄に向けた。「ええと、目の前でカネが増える」

「倍に、だ」

「そう。倍に。……なんのことだ、これは？」

「聞いたとおりだよ」

「これは、なにか取り引きについての比喩か？　あなたのカネを預かり、倍返しにするブローカーでもいるってことか」

「いいや。そんな話じゃない。誰にも預けやしない」

「投資か、融資か。それともギャンブルか」

「だから、そういうんじゃねえっていってるだろ」男はいらいらしたようすで、腰を浮かせた。

「どこにいく」浅岸はきいた。

「どこへもいかねえよ」男はズボンの尻ポケットをまさぐっていた。

容疑者ではなく参考人だ、所持品はすべて身につけたまま取調室に入っている。いちおうの身体検査は受けているとはいえ、なにかを取りだそうとする男に、浅岸は思わず身を硬くした。

だが、男が取りだしたのは、ただの財布だった。

そこから数枚の一万円札を引き抜き、机に投げだすと、男はいった。「刑事さん。いくらあるかわかるか」

「さあ。あなたのカネだからな」

「数えなよ」

　男の真意はまるでみえてこない。浅岸は指先で札をつついて数えた。「六枚。六万円だな」

「これがな。倍になる」

「どうやって」

「べつに、どうもしない。ただ眺めてりゃ、そうなる」

「ふざけるな」

「信じられないのもむりはないな。だがな刑事さん、目の前でこいつが増えるところを見りゃ、どうだ、うなずけるだろ」

「いいや。もしこれが十二万円になったら、俺はこの調書に〝手品の趣味あり〟と書くだけだ」

「不幸だな、刑事さん。常識ってモンから足を踏みだせない。それで汲々(きゅうきゅう)としながら人生を送る羽目になる。かつての俺みたいにだ」

「つまり、信じれば奇跡はかなうとかそういう話か」

「ある意味、そうかもな」

「どこの宗教に入ってる？」

「おいおい。そうやって見下すのもいい加減にしなよ。あんたがどんな学歴の持ち主で、刑事として立派な若手かそうでないかはしらねえ。俺は善良な市民だし、犯罪も犯しちゃいない。だから、さっきの強面の刑事みたいにまるで俺を犯人扱いするような輩に口はききたくなかったが、黙秘するつもりもねえんだ、あんたには話してもいいと思ってた。だが、あんたの身勝手な常識ってやつで俺を差別しようってのなら、話は別だ。弁護士呼んでもらえるまで、なにも話さねえからな」

「弁護士なら手配するよ」

「俺の雇ってる弁護士じゃねえとだめだぞ」

「雇ってる？　閑古鳥の鳴いてる阿佐谷の雀荘のあるじが、弁護士雇ってるってのか？　よく払えるな」

「ああ、払えるよ」男は、六枚の札が並んだ机の上で両手をひろげた。「カネが倍になるからな。いくらでも払える」

浅岸は思わずため息をついた。

呼ぶべきは弁護士ではなく精神分析医だろう。

じれったく思いながら浅岸は調書をとりあげ、声にだして読んだ。「岩瀬浩一さん、四十五歳。雀荘〝三国志〟経営。杉並区立北烏山高等学校卒。三十六歳で結婚、一女をもうけたが四十一歳で協議離婚。今年に入って世田谷に百坪の邸宅を購入、愛車はＢＭＷ７

50……」

　顔をあげて岩瀬をみつめた。岩瀬も、浅岸をみかえした。

「不服かい」岩瀬は皮肉に満ちた口調でいった。「警視庁づとめの公務員君には、一介の雀荘の親父がＢＭＷ乗りまわすのがよほど気にいらねえらしいな」

「新車価格で一千万円するしろものだ。どこからカネが？」

「だから目の前で……」

「これだけ時間が過ぎて六万円が十二万円にもならないのに、いつ一千万に達するってんだ」

「刑事さん、数学弱いのか。カネは倍になるんだぜ。最初は少なくても、やがて加速度的に増える。それに、元金が多けりゃそれだけ増えるカネも多くなる」

「元金はどうやって用立てる」

「借りりゃいいさ。そうだろ？　五百万円借りて、それが倍になって一千万。さらに倍になって二千万。そのへんで、五百万プラス利子を返せばいい。それだけのことだ」

「あなたは二年前に自己破産をまぬがれるために任意整理を申しでてる。借金でクビがまわらなかったはずだろう。銀行、サラ金、クレジットカード。どこからも借りられない状態だったはずだ」

「そんなことはない。借りるとこなんて、いくらでもあるさ」

「闇金融か？　十三（トサン）から十十（トト）にでも手をだしたか」

トサンは十日で三割の利子。トトになると十割。いずれも、闇金融の俗称だった。実態は暴力団の資金源確保にほかならない。高い利子と厳しい取り立て。返済に追われ、とても事業どころでなくなる事例は枚挙にいとまがない。

岩瀬はそんな危機をまるで意に介していないかのようだった。「カネが倍になるまでせいぜい二、三時間。トサンでもトトでも来やがれというんだ。カネを借りるたび、翌日にはきっちり一割の利子をつけて返すんだからな。笑いがとまらねえよ」

「……わかった。カネが倍に増える。あなたが手にしたカネは、とにかく不思議なことに二倍に増える。目の前で。あなたの主張は、それでいいんだな？」

「ああ。いいとも」

「いつから、そんなことが起きるようになった。若いころからカネが倍増してたなら、雀（ジャン）荘（そう）経営で苦労することもなかっただろう？」

「そのとおり。ほんの一年ほど前だ、カネが倍になりだしたのは」

「手持ちのカネが急に増えだしたってのか」

「まあ、そうだ」

「カネってものはなくなるもんだという話なら聞いたことがあるが、ほっておけば増えていくものだなんて、なんとも景気のいいことだな」

「草や木は自然に育つだろ。カネもそんなふうに増えていく。倍にな」

「自然の摂理だってのか。生物や物理の勉強はしたつもりだが、カネがニワトリの卵みたいにぽこぽこ産まれてくるなんて学説は読んだ覚えがないな」

「学校じゃ教えてくれないのさ」

指南役がいる、と浅岸は思った。

非合法な手段でカネを増やす、そのことを指南した人間が存在するに違いない。

「岩瀬さん。そいつは、脱税の方法も教えてくれたのか」

「脱税なんかしていない」

「目の前でカネが増えたのは収入とは異なる、そういいたいのか。だがな、岩瀬さん」浅岸は調書に添えられた書類を岩瀬に押しやった。「あなたが税務署に提出した申告内容だ。収入がないってのは置いておくとして、この百五十万円の商用車購入ってのはなんだ」

「だからそれは……」

「あなたが買ったのは一千万のBMWだろ。中古じゃなく出たばかりの新型車だ。まだどこの中古屋にも出まわってないしろものだ」

「俺は買いたいクルマを買った。百五十万でだ。それのどこが悪い」

浅岸は机を叩いた。「百五十万で買えるわけがない！」

そのとき、低い男の声が室内に忍び入ってきた。「いや、そうともいえないぜ。浅岸」

振りかえると、見慣れた男がそこに立っていた。

濃紺のスーツに黒いネクタイ、結び目は緩めて襟もとのシャツをはだけている。岩瀬よりさらに浅黒い顔には、中年の証でもある深い皺が縦横に刻みこまれていた。太い眉に鋭い目つき、こけた頬が残忍そうな性格を漂わせる。

舛城徹はポケットに手を突っこみ、閉めた扉にもたれかかった。「新車のＢＭＷやベンツも、その気になりゃ百五十万で買える」

「そんなばかな」と浅岸はいった。「いや、ひょっとして事故車とか盗難車って話ですか？」

「いいや。それじゃすぐ足がつくだろ。現金をほしがってる売り主と直接会って取引したんだ。むろん現金払い、即金でな。潰れるかどうか瀬戸際の中小の社長が、このままじゃ手形が飛んじまうって状況に立たされたら、百万でも二百万でも現金をほしがるもんだ。そういう連中はカネを借りられない。手持ちの資産をカネに換えるしかない。かといって、中古車屋相手に数日かけてのらりくらりと売却手続きをおこなっているひまもない。連中の懐に飛びこめば、いくらでも安く買い叩くことができる」

岩瀬はにやりとした。「ま、そういうことだ。お若い刑事さん。わかったろ。俺は嘘なんかついてない」

舛城が突っかかった。「人の弱みにつけこんで買い叩く悪質なやり方だ。犯罪じゃねえがスレスレともいえるんだぜ。有能な刑事ならどうにかして尻尾（しっぽ）つかむだろうよ。そこんとこどう考えてやがる」

「お、俺が考えたんじゃねえよ」

「誰かに教わったってのか。ほう」舛城は浅岸に目を向けた。「どこからカネが入ったか、白状（ゲロ）したか」

浅岸はいった。「目の前でカネが倍になった。そんな絵空事ばかりふかしている始末で」

「妙な話じゃねえか。カネがうじ虫みたいに湧いてくるのなら、なぜクルマを安く買い叩く必要がある？　ディーラーで堂々と買ったほうが安心だろうが」

岩瀬の顔に、かすかな動揺のいろが浮かんだ。「いつも増えるってわけじゃねえよ」

「増えることもあれば、そうならないこともあるってのか」

「いや。そうじゃねえ。やるときゃ、ちゃんと段取りがいるんだ。それさえやれば、カネは確実に倍になる」

「つまりだ。誰かがおまえさんに、カネが倍増するって事実を教えに来た。その誰かがいつも、段取りをしてくれる。そうすると、おまえさんのカネは倍に増える。そういうことだな」

「ああ、そのとおりだ」

「そいつがカネを手にしたら、目の前で倍に増やしてくれる。そんな手品師みたいな演舞を披露してくれるってのか」

「いや……頼むよ、刑事さん。これが犯罪だとしたら、俺じゃなくあの人のせいなんだろ？」

浅岸は、岩瀬が舛城の罠にかかりつつあることを悟った。

舛城はなんの事実もつかんでいない。だが言葉巧みに、容疑者の目星がついているかのような態度をちらつかせた。岩瀬は少しずつ不安に陥り、秘密をみずから暴露しつつある。

「そうかい」と舛城は告げた。「すべては、あいつのしわざってことか」

「そう。あの人のせいだよ。でもな、確証はねえよ。あの人はカネには触らない。俺がカネを置く。それだけだ。あとはいっさい、カネには触らない。あのひとも、俺もだ。それだけで、目の前で倍になる」

「二百万が四百万に、四百万が八百万になるってのか」

「そうとも」

「あいつに、どこかに呼びだされるのか？　カネを置く場所を指示されるのか？」

岩瀬は首を横に振った。「俺の店だ。あのひとはいつも、俺の店に出向いてきてくれる。カネだって、俺の店のカウンターに置くんだ。刑事さん、怪しく思うのは当然だ。俺だって最初は怪しいと思ってた。だがたしかに、カネは増える。自然にカネが増えるんだぜ？　犯罪じゃねえ」

「さあな。そこはまだなんともいえんな」

舛城は背を向けると、扉に手をかけた。

「浅岸、いくぞ」立ち去りぎわにそうつぶやいた。

先輩刑事につづいて部屋をでていこうとしながら、浅岸はなんともいえない薄気味悪さを感じていた。

戯言をほざくのがこの男ひとりなら、さほど驚くことではない。だが、問題はこの事例だけに留まらない。

浅岸は廊下で舛城にたずねた。「いったい、どうなってるんです」

「こっちが聞きたいな」舛城は背を丸め、後頭部をかきむしりながら歩いていた。「カネが倍に増える。これで十一人めだ」

「どういうことでしょう」

「さあな。急に裕福になった奴や、どうやって多額の収入を得たのか明らかでない奴、脱税の疑いがある奴。そんな連中を一斉にひっぱって話を聞いてみたら、馬鹿のひとつ覚えみたいに同じ言葉を発しやがる。目の前でカネが倍に増える、それぱっかりだ」

「口裏を合わせてるんでしょうか」

「いや。連中に共通点はない。住んでいる場所も、職業も、生い立ちも、てんでバラバラだ。なにより、グルになる気ならもっと賢い言いわけがあるだろう。そこを、カネが倍になるの一点張りじゃあな」

「精神科医の意見は聞きましたか？」

「それがな。そっちも頼りないったらありゃしねえんだ。精神障害とか、脳障害とか、何らかの異常を示す身体的兆候はみとめられないが、カネが倍増するっていうおかしな主張をしてる以上、どこかおかしいなんて、そんなの誰が見ても判りますよ」

「どこかおかしいなんて、そんなの誰が見ても判りますよ」

「ああ。だがな」舛城は廊下の端まできて、足をとめた。「連中の言いぶんは、かならずしも戯言じゃないって気もする。連中の証言で共通してるところはこうだ、ある日誰かが、カネが倍に増えるって事実を教えに来た。そいつが誰かってことはいっさい明かしたがらないが、カネが増えるプロセスだけはみんな断片的にだが告白してる。最初に教授した人物が何度かやってきて、その都度、持ってるカネを倍に増やして帰っていく。魔法使いがやってきて、抱えている札束に魔法の杖をひと振り、するとふしぎなことにカネが倍に増える。そんな寸法でな」

「ありえませんよ。どんなからくりなのか、早急に暴かないと」

「そんなに気を張るなよ。ああ、そうか、浅岸。おまえ、捜査二課に入ってからひとりも検挙できてないって、本部長に怒られてたな。こいつはチャンス到来かもしれないぜ？」

「チャンスだなんて……。僕にはあいかわらず、わからないことだらけですよ。岩瀬にしろほかの連中にしろ、カネが増える奇跡を本気で信じてるわけじゃないでしょう？」

「そうだな。ふつうなら、そう考えるよな」舛城の声は小さくなった。「ふつうなら、だ……」

ビデオテープ

捜査二課の刑事部屋で、石井管理官は報告書を閉じた。

「なるほど」石井は深くため息をついた。「たしかに奇異だ。きみが捜査員として興味を抱くのもうなずける」

「どうも」と舛城はつぶやき軽く頭をさげた。

「しかしだな。裏金を手にしていると目される一般市民が、口裏をあわせたように、自然にカネが倍に増えると証言した。この報告書を読むかぎりでは、たんにそういう言いぐさが流行しているだけともとれる。きみはこの件のどこに捜査の必要性を感じている？」

「彼らの身になにが起きたか、正確なところは不明です。前科もないし、ごく一般的な小市民で、自由業もしくは自営業者であるという共通項を持っています。しかし、そんな彼らが人知れず大金を摑んでいた。彼らがどのていど、カネが自然に倍増するという、自然の摂理に反するような現象を現実として信じこんでいるかはわかりません。しかし、貧すれば鈍するで、借金苦に悩む自営業者には〝カネの成る木〟の妄想が現実になるなら、それを受けいれようとする者がいてもおかしくはありません。自分の家の床下から小判が見つかってくれたらとか、石油が湧いて出てくれればとか、そんな妄想を抱きがちになるタイプの人間の、もう一歩妄想が進んだ状態かもしれません。しかし彼らは、自発的にそうした妄想を抱いたのではなく、とにかく何者かの幻想に魅了され、事実、倍になった現金を懐におさめています」

「すると、その何者かの意図するところは……」

「そうです」舛城はうなずいた。「これは大昔からある、預かったカネを倍にしてあげますよという集金配当詐欺の匂いがします。十万を預かった翌日に、二十万にして返す。百万なら二百万、五百万なら一千万。とにかくきっちり返す。そういう業者がいると噂が立てば、翌日には自分も恩恵にあやかろうと目のいろを変えた連中が預金に応じて、さらに多くのカネが集まる。だから前日の預金を倍にして返済することは充分に可能です。やがてある日、カネを集めた業者がふいに姿を消す。翌日もいつものように倍額の配当が待ってるはずだと舌なめずりしていた連中が、業者が消えたと気づいたときにはもう遅い。業者は高飛びしてるか、カネをすっかり外国に送金しちまってるでしょう」

「するときみは、これがその種の詐欺の準備段階だといいたいわけだな？　このカネを倍にすると保証している何者かが、いずれドロンする可能性があると」

「ええ。世間に疎い、つまり商売がうまくいっていない自営業者ばかりを狙って、次々とカネを出す人間を増やしている。個人事業主なら出入金管理もいい加減なところが多く、足がつきにくいというのもあるでしょう。まちがいなく、近いうちにカネを持って雲隠れするはずです」

「現段階で、出資法違反で挙げれば未然に防げる」

いえ。舛城は思わずため息を漏らした。「これが従来のように預金や出資を募るやり方なら、詐欺師が受け取ったカネを持って外にでた時点で現行犯逮捕できます。ところが、今回のケースの中心人物は、カネを預からないんです。相手のところに出向いていき、カネにも指一本触りません。ただカネを目にみえるところに置かせるだけです。……証言を総合するとそうなるんですが、まあとにかく、ただそれだけのことで、カネは目の前で倍に増えるってことです。そして奇跡を起こした謎の人物は、一円も受け取らずに立ち去っていく。その繰り返しらしいです。だから出資者を募る古来のやり方とちがって、犯人は毎回、増えたぶんのカネを皆にプレゼントしていることになります。そうして安心させておいて、いずれ投資額を上回る額のカネを分捕ろうという計算でしょう」

石井管理官は腕組みした。「たぶんカネが倍に増えるというのは、なんらかのトリックを用いているんだろうな」

「ええ。おそらく」

「わざわざそんなトリックなど用いなくても……」

「いえ」と舛城はいった。「そこがこの犯人の頭のいいところです。非現実的だからこそ、出資者たちが警察に引っ張られようとも、証言が真に受けられないんです」

「なるほど……。だが、犯人はカネをその場で増やしてみせるのであって、預かっていくわけじゃないんだろう？　大勢から集めたカネを持って行方をくらます展開には結びつかないのでは？」

「いいえ。さんざんカネが倍増するという奇跡をみせられて、その犯人を妄信している以上、ある日大規模な出資を募ったら、喜んでカネを出すでしょう。今度は目の前で増えるというわけにはいかないが、その代わり十倍になるから、カネを一日だけ預からせてくれ。そんなふうにいわれたとしたら、どうです。けっこうなカネが集まるとは思えませんか」

石井は唸った。「被害者が本当にだまされているのかどうか、気になるところではあるが……」

「そうですね。私はひと晩かけて彼ら全員と話しましたが、驚いたことに、疑いなく奇跡を受けいれている人間も三分の一近くいました。その彼らは、正常な思考判断ができないほどに借金に苦しんでいたのかもしれません。夢でも妄想でも信じてやろうという気がまえだったのかもしれません。が、あとの三分の二は、どちらかというとまやかしめいたものを感じながらも、儲かるからという理由でその奇跡を受けいれていたのだと思います。その人物は自分のもとにきて、手品をみせるような感覚でカネを倍に増やしてくれる。百万円の束が本当に二百万円になって手元に残った、その現実には頭がくらくらするはずです。偽造紙幣かと疑ったりもするでしょうが、使ってみると本物だとわかる。そのうち、怪しい人物の起こすいかがわしい奇跡に疑わしい気持ちを抱きながらも、彼がやってくるのを歓迎するようになる。人ってものは、都合のいい想像を浮かべるものです。たとえばその人物は手品を趣味にしている大金持ちで、借金苦に悩む自営業者の味方で、いつも自分のところに来ては手品を披露するという触れこみでカネを置いていってくれる。いわば、自分にとっての足長おじさんみたいなものだ、そんなふうにいっている老婦もいました」

「いずれにしても、犯人にしてみれば、カネを倍に増やすという奇跡を受けいれる連中がいてくれればいいわけだ。疑っているか、心底信じてくれているかは問題ではない。いずれ雲隠れするまで、つなぎとめておければいい。そういうわけだな」

「ええ、そう思います」

「振り込め詐欺がようやく下火になりつつあると思ったら、また新しい手口か……」

「よろしければ、捜査本部を立ちあげていただきたいんですが」

「……いや、それは難しい。現段階では……」

「石井さん。重大事件の発生を前に、なにもせずに手をこまねくってのは……」

「捜査二課はきみの古巣とは違う。叩きあげで一課に入ったきみは、勘を頼りに予防線を張る捜査方法に慣れていたかもしれないが、殺人と詐欺は異なるんだ。会社を計画倒産させても、明確にその意志があったという証拠がない限り立件はできない」

舛城は苛立ちを禁じえなかった。またこの物言いか。

「なにか起きてからでは遅いですよ。直接人を殺す犯罪でなくとも、詐欺で身ぐるみを剝がれたら首をくくる輩もでてくるでしょう。間接的に人を殺すも同然です。手を打たないと……」

石井はしばし沈黙した。

「捜査というより調査だな」と石井はいった。「それでいいのなら、単独で動くことを認めよう」

犬小屋に紐でくくりつけられるよりはましだ。舛城はいった。「ありがとうございます」

そのとき、刑事部屋に入ってきた浅岸がいった。「あ、警部補。こちらにおいででしたか」

舛城はたずねた。「どうかしたのか」

「昨晩取り調べた参考人のうちのひとりが、任意提出という形でビデオテープを持参しました」

「ビデオテープ？　なんのだ」

「提出者の話では」浅岸の顔はこわばっていた。「カネが倍に増える瞬間というか、その一部始終だと」

舛城は浅岸を見た。浅岸も舛城を見かえした。

「いこう」と舛城は歩きだした。

カネが倍に増える瞬間。いったいなにがあったのか。なにが彼らを、現実と虚構の見境のない世界に迷いこませたのか。舛城は、見とおせない霧のなかに迷いこみ、おぼろげに浮かびあがった光に駆けていく自分を感じていた。その光が、自分にとって道を拓くものであってほしい、そう祈っていた。

タイムラプス

「刑事さん」澤井(さわい)という名の中年男は、でっぷりと太った身体を小さな事務用椅子におさめ、部屋の隅から声をかけてきた。「私は内装業を三十年やってきました。決して裕福じゃなかったが、嘘つきと呼ばれたことはいちどもなかった。正直者なのが唯一の取り柄だと家内にいつもいわれてきた。だから昨晩はなにもいわずにいたことを、いまになって後悔しとります」

「そうですか」と舛城は応じた。「ご協力、感謝申しあげます」

警視庁の別館にある雑務専用の小部屋。浅岸がテレビとビデオデッキの配線接続に追われているようすを、舛城は眺めていた。

待っている時間ももどかしい。舛城は部屋をうろつきまわった。

澤井はひとりで喋(しゃべ)りつづけている。「私はね、自分になんらかの落ち度があったとか、罪になることをしたとか、そんなふうには考えておらんのです。だってそうでしょう、いきなりやってきた男がカネを倍にしてやるというもんだから、じゃあやってみろと、カネをうちの店のテーブルに置いただけなんですからね。カネはその都度倍に増えて、たしかに生活の助けにはなったが、私のほうから要求したことじゃない。その男に謝礼もなにも渡していない。けれども、あの男はどうもうさんくさい。カネが倍に増えるなんて、どうやったかしらないが、そんなこと私も家内も信じてるわけじゃないんです。で、なにかお巡りさんがたも気にかけておられることがあるみたいだし、私としては、社会貢献というか、国民の義務みたいなものを感じましてね……」

「ええ、承知しています。ビデオテープを任意提出していただいたこと、捜査員一同深く感謝しております。警視総監になりかわり、御礼申し上げます」

そういいながらも、舛城は澤井を内心軽蔑していた。

この男の腹のなかは見え透いている。いったん懐にいれたカネの返済を求められるのが怖いのだ。警察に対しあるていどの協力を申しでた代償に、いままで儲けたぶんは大目にみてもらいたい、そんな心情が見え隠れしている。

作業をしながら浅岸がいった。「しかし、澤井さん。よく防犯カメラにおさめることができましたね。ほかの参考人の話から断片的にわかったことですが、カネを倍に増やす〝魔法使い〟はとりわけカメラに敏感で、自分を記録した画像や映像をいっさい残させないように留意していたようですが」

「はい、うちでもそうでしたよ。防犯カメラは設置してないのかと、それはかり聞いてました」

「男は、カメラに気づかなかったんですか」

澤井はしてやったりという態度をしめした。「うちは内装屋ですからね。カメラの隠し場所も少しはひねってありますよ。隣りの部屋との仕切りにガラスの窓をつくって、その向こうにしかけてあるんです。ガラスにはミラータイプのフィルムを貼って、ね」

「ああ」舛城はうなずいた。「ようするにマジックミラーってわけですか」

そうです、と澤井は笑った。「あいつは、壁にかかった鏡と思いこんだでしょうな」

「できましたよ」浅岸がビデオデッキの再生ボタンを押した。「あれ、おかしいな。画像が出ない……」

舛城はデッキに手を伸ばした。「タイムラプスビデオだ。再生スピードをセットしないと。澤井さん、録画スピードは?」

「九百六十時間です」

「百二十分テープの最大録画時間ですね。ってことは、八秒にひとコマずつしか録画されてないわけだ」

「うちの防犯じゃ、それで充分だと思いまして……」

まずは、観てみないことには始まらない。舛城は再生ボタンを押した。

テレビの画面にひどく乱れた画像が映し出された。部屋を斜め上方からとらえたものだとおぼろげに判るが、映像は絶えず歪んで安定しなかった。

「まいったな」舛城は頭をかきむしった。「十代のガキの部屋を家宅捜索してでてきた裏ビデオみたいな画像をしてやがる。十回や二十回のダビングを経たしろもの同然のな」

澤井は迷惑そうな表情をうかべた。「そりゃそうです。いままで防犯用のテープなんて取りだしたことなかったんです。最後までいったら自動的に巻き戻して、なんべんも重ね撮りしてるでしょう。うちじゃなにも起きてないんです、当然でしょう?」

しばらく見つめるうちになにが映っているのか、あるていどは判別が可能になった。

部屋は八畳ほど、手前に応接のソファとテーブル、奥に事務用の机があるようだ。室内にはまだ誰もおらず、なんの動きもみられないようだった。

画面の下部には日付と時刻が表示されている。八月二十六日、午前十時八分、十七秒。そのカウントのまま静止している。しばらくすると、二十五秒に変わり、また止まった。八秒にひとコマずつを録画しているせいだった。

「澤井さん」舛城はきいた。「これがあなたの店舗ですか」

「そうです。家内が手伝うことはありますが、ふだんは従業員も私ひとりなので……デスクも、私のしかありません」

「八月二十六日というと、ほんの数週間前ですね」

ええ、と澤井はうなずいた。「例の人が、最後に現れた日でして……。それ以前のものは、重ね録画しているんで消えてしまいました」

澤井の言葉が終わらないうちに、画面の下端から人影がフレームインしてきた。ほどなく、澤井本人の姿だとわかる。

太った身体をスーツに包んだ澤井は、満面の笑顔で誰かを迎えいれようとしている。くだんの人物はまだフレームの外にいて、画面には現れていない。音声はなかった。

「そろそろですよ」澤井が、意味もなく声を潜めていった。「いつも事前に連絡なくやってくるのでね。あの怪しい男がひょっこり現れる瞬間は、何度経験しても緊張しますよ」

「緊張?　ずいぶんご機嫌のようですが」

「いえ……まあ、相手に警戒心を抱かせてもまずいと思ったのでね」

カネを倍に増やしてくれる〝魔法使い〟がやってくるのだ、自然に顔がほころぶのも当然だろう。

澤井が、画面下端の外にいる何者かにソファをすすめている。そんな静止画が八秒間つづき、次のコマに切り替わる。

と、黒い影が画面の下から突きだしていた。

「現れた！」浅岸が声をあげた。

角度からみて、画面下方の黒い影は〝魔法使い〟の後頭部であるにちがいなかった。この画では、男が禿げてはいないという事実だけしか判明しない。

次のコマを待つ八秒間がひどく長く思えた。澤井はこの男がカメラに気づいていなかったと証言したが、はたしてそうだろうかと舛城は思った。このまま、巧みにカメラの死角に逃れるつもりではないだろうか。

ところが、数秒後にはその舛城の危惧は思いもよらぬかたちで雲散霧消していた。

謎の男があっさりとこちらを向いて、カメラにまっすぐ目線を送っていた。

色白で、ひょろりと痩せ細り、神経質そうな気配を漂わせながらも、どこか鈍感そうな顔つきをしている。目尻のさがった眠たげな目はカメラをぼんやりと眺め、しまりのない口は半開きになっている。

青白い襟もとをさらけだした開襟のシャツがこれまた男を貧弱そうにみせている。羽織っているジャケットは皺だらけで、ふだんからハンガーにかけずに放りだしているにちがいなかった。ずぼらな性格なのだろう。

　どうみても、貧乏暮らしの大学生か無職の二十代といった印象だった。舛城が漠然と思い描いていた、したたかな知能犯罪者を連想させる風体の中年男性という予想とは、まるで合致していなかった。

「なんだこりゃ」舛城は思わず呆気にとられてつぶやいた。「こいつ、いったいなにをしてる？」

　澤井が説明した。「鏡に映った自分を見てるんです。軽い身だしなみですな」

「いつもこうなんですか、この男は」

「さあ。いつもというわけではないような。ただ、どこか気どっているそぶりをみせることが多いのは、たしかですな」

　澤井が喋っているうちに、画像はさらにいくつかコマを進めていた。

　男はソファに座ろうとするが、次のコマではまた中腰に立ちあがり、両手をテーブルに伸ばしている。

「これは？」舛城はきいた。

　すると、澤井はぷっと噴きだした。「座ろうとしたとき、灰皿が膝に当たって落ちそうになったんですよ。気をつけてくださいっていったのにね」

浅岸があきれたようすでいった。「座る前に灰皿を押しやるのがふつうですよね。緊張してたんでしょうか」

そのとおりだと舛城は思った。この男の硬い表情、ぎこちない動作。あきらかに緊張している。そして頭の回転が速いわけでもなく、器用でもない。

澤井のもとに現れたのも、この男自身の意志ではないのだろう。黒幕はほかにいる。

舛城は澤井にきいた。「この男は最初に現れたとき、自分を何者だと名乗ってましたか？　まさか名無しの権兵衛で通していた相手の目の前に、現金を積みあげたわけじゃないでしょう？」

「ええ。なんとかという金融コンサルタント会社の田中と名乗ってました。最初にきたときに名刺を渡されたはずなんですが、どこかにいっちゃいまして……。おカネを倍に増やす話をご存じですかとくるので、また投資か融資のセールスにすぎないんだろうなと思いました。ところが、断わろうとすると私をじっと見返して、自分はおカネを倍にできるが、元金がなければ話にならない、持っていないのならそう言ってくださいというんです。カネならちゃんとあるが、セールスに乗りたくないだけだといっても、誰でも口ではそうおっしゃるんですすと、冷めた態度をとる。で、私は腹を立てて、金庫に常備してある百万円の札束をだしてきて、この男の目の前に置いたんです。それが、すべての始まりでした」

「この〝田中〟なる男は、そのあたりの会話の運びにも手馴れていたようすでしたか?」

「いいえ。口がうまいとは、とてもいえない人だと思いますよ。そこいらにいる、気弱で貧弱な若者のひとりというのが、彼に対する私の第一印象でした。まあ、そんな苦労を知らなさそうな世代の若造が、平然とした顔でカネはあるのかと聞くものだから、こっちもカッとなってカネをだしてみせたわけですが」

するとこの頼りないキャラクターも計算のうえでのことなのか。愚者を装っているだけで、じつは狡猾で抜け目のない知能犯なのか。

画面のなかの澤井が腰を浮かせた。いったんフレームアウトすると、札束を手にして戻ってきた。

表情は嬉々としている。手のなかの札束は、タウンページより厚みがあるようにみえた。

舛城はいった。「かなりの金額ですね。このときはいくら用意したんですか」

「五百万です」

映像のなかの澤井は、札束をいくつかの山に分けてテーブルの上に置いていた。

澤井が解説した。「銀行の帯を外してるんです。ひと束百万円ずつ、帯にくるまれていますからね」

「金額は五百万円。この時点でまちがいなくその金額だったんですね」

「そりゃもう。いつもちゃんと数えますからな」

八秒ごとに切り替わる画像のなかで、澤井は五つの束になった紙幣を、さらに十枚ずつに小分けして数えていた。

あいかわらず画面はちらついているものの、目を凝らしてみれば札束の分量はほぼ明確に認識できた。たしかに五百万円ほどある。

カネを数え終えると、澤井はすべてをひとつの束にして〝田中〟に差しだした。

〝田中〟は腰を浮かせ、札束を受け取った。札束をしまいこんだり、覆い隠すこともなく、テーブル上の自分の膝もとに近い位置に置いた。

なんら怪しい動作はなかった。あるとすればこのあとにちがいない。舛城は固唾を呑んで画面を見守った。

だが、〝田中〟は置いた札束からあえて距離をとるようにソファに深々と座り、両腕を組んだ。

札束に触れようとしないばかりか、怪しげな挙動ひとつみせない。ただじっと座り、札束をながめているだけだった。

向かい側のソファに腰を下ろした澤井は、両手をすりあわせ、奇跡が起こるのを今か今かと待ち望んでいる。

ふたりが身じろぎひとつしないため、画面の映像はまるで静止画のようだった。八秒ごとに画が切り替わっても、前の画像となんの変化もない。札束をはさんで、ただ黙々と向かい合うふたりの男。テレビの画面にあるのはそれだけだった。

絵画のように動きのない映像を眺めながら、舛城は澤井にきいた。「〝田中〟はカネが倍に増える現象について、どんな説明を？」

「いえね、それが毎回ちがうんです。最初に現れたときは、この世のすべてのものは温度とか時間とか、一定の条件さえそろえば完全にふたつの固体に分離するとかいってました。意味もわからないうちに、あれよあれよとカネが増えて、私も驚いてしまって、それ以上の説明をきく余裕がなかった。次に彼がきたときに、いったいどういうことなのかとたずねると、宇宙の次元が、ええと、三次元が四次元になったか五次元になったか、そんなことをいうんです。三度めには、オーラパワーがどうのとかいってました。四度め以降は、もう理由をたずねる気も起きませんでしたね」

そうだろう。それだけ戯言を並べ立てられれば、〝田中〟がカネの増えるからくりを明かしたがっていないことはわかる。へたに疑いをしめして〝田中〟に嫌われるよりは、信奉者のふりをして何度も足を運んでくれるように仕向けたほうが、澤井にとってもありがたかったはずだ。

外城がそう思ったとき、浅岸が声をあげた。「いま、増えたんじゃないですか?」

「なに?」外城は身を乗りだした。

が、画面上なんの変化もみられない。札束もそのままだ。

澤井が意味深そうな微笑をうかべた。「たしかに、もう増えはじめとるんです。画面でみるとわかりにくいが、目の前ならはっきりわかります」

じれったくなって、外城はデッキに手を伸ばし、早送りボタンを押した。

ノイズは増大したが、画面のなかの出来事はしっかりと判別できる。

〝田中〟と澤井は、あいかわらずソファに座ったままだ。

澤井のほうはときおり、座りなおしたり頭をかいたりと、ちょこまかとした動きをみせるが、〝田中〟のほうはぴくりともしない。

画面の下端に表示されたカウンタが、みるみるうちに時を刻んでいく。すでに三十分、そして一時間。

「ああ!」浅岸が声をあげた。

ほとんど動きのないふたりの男のあいだに置かれた、五百万円の札束。それがしだいに厚みを増していく。

そのようすはまるで、ビルの建築現場をコマ落としで撮影した映像に似ていた。たちまちビルが築きあげられていくように、札束はどんどん高くなっていく。

〝田中〟も澤井もいっさい手を触れていない。ただ、画面のなかの澤井の顔が札束の厚みに比例してほころんでいく以外、ふたりの人物にはなんの動きもない。

札束は、最初と比較してほぼ二倍の厚みに達しようとしていた。

舛城は早送りを解除して、ノーマルな再生速度に戻した。画面はまた八秒にひとコマが切り替わる映像に戻った。

こうしてリアルタイムでみると、札束が高くなっていく気配はほとんど感じられない。それでも変化は起きている。もはやその事実は明白だった。

やがて〝田中〟がようやく動作をみせた。手で札束を指し示している。どうぞ、ということらしい。澤井が、待ってましたとばかりに札束に手を伸ばす。

異様な光景だった。画面のなかの澤井は、さっきと同じように約百枚ずつの束にわけはじめた。その束は五個ではなく十個。さらに細かく、十枚ずつにわけてたしかめる。八秒ごとに切り替わる映像でも、現在の紙幣の数はほぼあきらかだった。

倍増している。五百万円が一千万円。

カウンタの時刻は十二時十四分。スタート時から二時間が経過している。すなわち、約一分ごとに四万円ずつ増えていった計算になる。

「澤井さん」舛城は、呆気（あっけ）にとられながらきいた。「カネは、いくらになってましたか」

「一千万です。一万や二万のちがいもない、きっかり一千万円でした」

これはいったい、なんだというのだろう。ありえない。こんなことが起きるなんて、まさに夢だ。奇跡だ。

いや、現象が異様だからといって奇跡などという判断は早計にもほどがある。まちがいなく、どこかにトリックがある。しかし、いったいどんなからくりなのだろう。

舛城は澤井を見つめた。「増えたカネは、新札でしたか古札でしたか。番号はどうでした」

「それは毎度、私のほうも疑ってみてるんですが……。銀行から下ろした五百万円は新札でしたし、増えた五百万円も新札でした。ただし、番号はばらばらです。ふたつ同じ番号の紙幣があるわけでもないし、すべて本物の一万円札でした」

ということは、やはり分裂などしたわけではなく、〝田中〟がひそかに持参した五百万円が混ざっただけなのだ。当然といえば当然だ。

だが、どうやってテーブル上の札束にカネを加えていったのかは謎のままだった。

舛城は浅岸にきいた。「おまえ、どう思う」

浅岸は唸（うな）った。「おカネを追加していったとしか……。タイムラプスビデオは八秒ごとにひとコマ記録しているのですから、その隙ごとにどこかからか紙幣を取りだして、札束に加えていったのでは？」

「おいおい」澤井は怒りのいろを漂わせながらいった。「ちょっとまってくれ。まるで私がグルだといわんばかりに聞こえるが」

「いえ。そういうわけでは……。ただほかに考えようが……」

舛城は首を横に振ってみせた。「タイムラプスビデオがどのタイミングで〝八秒に一回の記録〟を行っているか、室内にいる人間にはわからない。わざわざ澤井さんがトリック撮影に協力するとも思えない」

「とすると……」

「少なくとも、ここに映ってることは事実だ。カネは自然に増えたように見える、そのこと自体は疑いようがねえ」

これには誰か、専門家の助けが必要だ。

警察が扱ったことのない奇妙な事件。科捜研も鑑識も対処するすべを持っていないことはあきらかだった。専門の知識を持つ誰かに助けを求めねばならない。誰かに……。

ディーラー

たそがれをわずかに残した青みがかった空の下、新宿駅西口のロータリーは帰宅を急ぐサラリーマンや学生らでごったがえしていた。

舛城は小田急百貨店前に停めた覆面パトの運転席から、蟻のようにせわしなく往来する人々を眺めていた。

ほどなくして、駅構内から駆けだしてくる浅岸の姿が目に入った。

浅岸は助手席側のドアを開けて乗りこんできた。息をきらしながら、だらしなくシートにもたれかかっている。

「遅いぞ」舛城はぴしゃりといった。

「すみません」浅岸は身体を起こした。「なにしろ、参考人たちの所在がばらばらなんで、まわるのに苦労しまして」

「で、どうだった」

「確認がとれたのは、昨夜取り調べを受けた参考人のうち十八人です。いずれにも防犯カメラの映像からプリントアウトした〝田中〟の顔写真をみせたんですが、ええと、写真の男と会ったことを認めた人間が三人、黙秘が十二人、見覚えがないと証言したのが三人、そういう結果です」

「見覚えがないのが三人？」舛城のなかを妙な感触が駆けぬけた。「黙秘の十二人ってのは、どんな感じだった」

「それが……。やばそうな顔をした連中も何人かはいたんですが、ほとんどはきょとんとした顔をしてました。写真をみせたあとのほうが、安堵したようすをみせる輩もいる始末で」

「ってことは」舛城は指でステアリングをとんとんと叩いた。「ほんとに見覚えのないやつらもいたってことだ」

浅岸は首をひねった。「しらばっくれているだけかも」

「いや。連中は犯罪者じゃない、そこまで平然とシラを切る覚悟ができてるとは思えない。つまり、ほかにもいたんだ、〝魔法使い〟が。こりゃ何人かの雇われ〝魔法使い〟が、手分けして都内のあちこちで奇跡を演じたと考えるほうがつじつまがあう」

カネが倍に増えたようにみえたとしても、それは意図的にそうみえるよう偽装されたトリックにすぎない。すなわち、百万円が二百万円に増えたとき、〝魔法使い〟は百万円の身銭を切っている。やがて訪れるであろう、信奉者全員からカネを巻き上げて雲隠れする日に投資を上まわる収入があるにせよ、現時点ではかなりの経費を注ぎこんでいることになる。

これは、組織だった犯罪にちがいない。

「それにしても」浅岸がいった。「なぜカネが倍に増えるのか、そこんとこがわからないかぎり、参考人を尋問しても躱（かわ）されるばかりです」

「ああ。だがかならず、目にものをみせてやる。そのうちにな」舛城はドアを開けて外に降り立った。「いくぞ」

カネが倍に増える奇跡。その奇跡のからくりを知る人間が、必ずいるはずだ。犯人以外にも。

舛城はその勘を決意に変えて歩きだした。前方にみえる小田急百貨店のネオンが、やけに頼りなげにみえた。まるで当てがはずれているように思える。だが、ためらうことはなかった。どんなに細い糸口にも飛びつく。それが舛城の信条だった。

「あの、舛城警部補」浅岸は百貨店の玩具（おもちゃ）売り場を進みながら、戸惑いを隠せずにいた。

「こんなところに来る必要が、本当にあるんですか。なにか根本的な見当違いをしているようにも思えますけど」

舛城は背を丸めて歩きつづけた。「どんな捜査であれ専門職をあたってみるのは基本中の基本だ」

「でも……どこから得た情報なんですか」

「どこでもない。俺のガキのころの記憶が頼りだ。たしかこのあたりに……ああ、あるじぇねえか。びっくりだな。当時と変わらねえ」

浅岸は困惑しながら売り場を見まわした。

閉店時刻が迫っているせいだろう、客の姿はほとんどない。サンリオやディズニーキャラクターのぬいぐるみがずらりと並ぶコーナーにもひとけはない。機関車トーマスの模型が、陽気な歌とともに売り場に張り巡らされたレールの上を駆けていく。見守る客がいなくても、クマの人形はぽっぽこ、ぽっぽこと太鼓を叩きつづける。

舛城がじっと見つめているのは、フロアのかなりの面積を占めるビデオゲームソフトの売り場と、鉄道模型のコーナーにはさまれた、小さな空間だった。

ガラス製のショーケースとキャビネットで囲まれた一画は、ひとりかふたりの販売員が立つことができるていどのスペースしかない。

売り場のなかに立った販売員らしき若い男は、手にした金属製のリングをつなげたりはずしたりするマジックをひたすら演じつづけている。リングは直径十センチていどのもので、マジック用品として販売されている商品であることはあきらかだった。販売促進のためにパフォーマンスを演じなければならないのは理解できる。が、なぜ客足が途絶えているのに延々とマジックに興じているのだろう。浅岸は首をひねった。

「舛城警部補、やめましょう」浅岸はいった。「こんなところに来ても、事件解決の参考にはならないはずです」

「どうしてそう思う？」

「手品の道具を売ってる場所を訪ねて、あのカネが倍に増える現象のからくりを教わろうというんですか。一笑に付されるのがおちですよ」

「まあ待て。直接、トリックにつながるタネが売っていなくても、専門家ならなにかわかるかもしれん」

「専門家……。あの人が？」

「少なくとも、輪をつなげたり外したりしてるんだ、俺たちよりはその筋に詳しいだろう」

舛城は売り場の前に立ち、にらみつけるように販売員のマジックに見入った。

販売員の目はなおも虚空をさまよった後、ようやく舛城をみて軽く頭をさげた。手もとは、一瞬たりとも静止することがなかった。

浅岸はじれったく思いながら、販売員の手もとを指差した。「こんなの、簡単です。輪に切れ目があるんですよ。子供でも知ってますよね。切れ目のところをちょうど指で隠してリングを持っているんです」

「よくおわかりで」販売員はにこやかにいった。手にした四本のリングのうち、一本を浅岸の目の前に突きだした。そのリングは、たしかに一箇所が切断されていて、五ミリほどの隙間が存在していた。

「ほら。いったとおりでしょう」浅岸が満足げにいった。

が、販売員の不敵な笑いは消えなかった。「お客さんのおっしゃるように、これはいまでは小学生でも知っているタネです。だからこれは、使いません」

販売員は、切れ目のあるリングをわきに放りだした。残る三本のリングをそろえて持つと、そのうちの一本を左手にとった。それを上方にかざすと、右手に残る二本のうち一本に強く打ち付けた。

販売員の手のなかで、打ち付けたリングはつながってぶらさがった。販売員はつながったリングを浅岸に差しだしてきた。

浅岸はそれを手にとったとたん、面食らった。つながった二本のリングには、切れ目らしきものはいっさい見当たらない。

「もちろん」販売員は、手もとに残った一本のリングをショーケースの上に置いた。「こっちにも、切れ目なんかありません」

驚いた。どこかにつなぎ目があるのはたしかだろう、だが、リングの表面をみるかぎりまるでわからない。

どうやってつなげてあるのだろう。磁石か、ビスか。いずれにしてもよくできている。力ずくでリングを引き離そうとしてもびくともしない。よほど接合部分の強度が高いのだろう。

販売員はにっこり笑って、売り場の横に吊り下がった商品のパックを指し示した。「リンキングリング。千八百円です」

舛城が販売員にきいた。「カネが倍になるってマジックはあるか」

「カネ？」販売員は、ぶしつけな尋ね方にも気分を害したようすはなかった。「コインマジックですか、それとも紙幣のマジックですか」

「紙幣だ。一万円札」

「さあ……倍になるっていうのはきいたことがないですが、この〝ふしぎなお札〟って商品はどうですか。宴会の余興にもうってつけですよ」

「どんな手品だ」

「お札と同じ大きさ五枚の白紙が、一枚ずつ一万円札に変わっていくんです。五枚とも、一万円札になります。そして最後は、いっぺんにすべてが白紙に戻ります」

「それはちょっとこっちの趣旨とはちがうな。とにかくカネが倍になるってマジックが知りたいんだ」

「うーん、そうですか……。あ、一万円が二万円になるっていう現象なら、やりようによってはできますよ」

「ほんとか?」舛城がショーケースを見まわした。「どこにその商品が?」

「そっちですよ。吊り商品。〝サムチップ〟ってやつです」

舛城が手に取った商品の透明なパックには、親指のかたちをした肌いろの指サックと、赤い薄手のハンカチが入っていた。「ハンカチが手のなかで消える? どこにも、カネが倍に増えるなんて書いてないが」

「応用するんですよ、その道具を。サムチップというのはマジシャンの必需品で、ハンカチを消す以外にもいろんなことに使えるんです」

浅岸は呆れながらいった。「ようするに、指サックのなかに一万円を隠しておけば、それを取りだすことでおカネが増えたようにみえるってことですか？　その指サックを親指にはめて、相手が気づかないとでもいうんですか？」

「まあ、やり方ってものがありますから」

「ふうん、奥が深いな」舛城は商品を元の位置に戻した。「あなたは、マジシャンなのか？」

「ええと、まあいちおう、そういうことになりますかね。マジックをやる人間は、ある意味で誰もがマジシャン……」

「いや。そういう意味じゃないんだ。あなたはこの百貨店の正社員として、この売り場に配属されているのか？　それともどこか、そのう、マジシャンのプロダクションというか、そういうところから派遣されているのか？」

「ああ」販売員は微笑したまま、両手をショーケースについてくつろいだ姿勢をみせた。

「私はメーカーから派遣されてるんです」

「メーカーというと、これらのマジックグッズの製造販売元ってことか」

「そうです」販売員は懐から銀いろの名刺入れをとりだすと、一枚の名刺を引き抜いて舛城に差しだした。その一連の手つきすらマジックがかっていた。

「株式会社テンホー販売部、木村栄一さんね」舛城は名刺を読みあげると、販売員の木村を見つめた。「つまり全国のデパートのマジック用品売り場に、自社製品の実演販売のために派遣されている、そういうことかな」

木村はうなずいた。「テンホーは国内のマジック用品を扱う会社としては、最大手なんです。いちおうわれわれは〝ディーラー〟という名で呼ばれてます。〝マジックディーラー〟ってことですね」

「ディーラーね、なかなかかっこいい肩書だな」舛城は名刺を懐にしまいこんだ。「あなたと同業の人間は、都内にどれくらいいる？」

「さあねえ。昔は大手デパートには必ず売り場があったんですが、いまはDVDで実演の映像を流しているだけのところも多いので……、まあ関東一円で三十人ぐらいですか」

「全員がメーカーの正社員なのか？　売り場以外の場所で、つまり演芸場やイベントホールでマジシャンとして実演することはないのか？」

「ええ、そういう人もいますよ。食えない手品師は、うちの会社でディーラーを務めながら、ときどき入ってくる〝営業〟に出かけていきます。マリックさんだって、昔はディーラーをやってたんですよ」

浅岸は驚いた。「マリックさんって、ミスター・マリック？」

「ふうん」舛城の目が輝きだした。「そのディーラー兼マジシャンたちは、いわゆる〝営業〟でマジシャンとして演じるときにも、ここにあるテンホーの商品でマジックを演じるのか？」

「いえいえ。まあわが社でも、ステージ用の大道具を扱ってますから、それらはプロマジシャンも使うことがありますが……このリンキングリングなどのパッケージ商品はあくまでアマチュア向けです」

「じゃあそのプロマジシャンたちは、いちおう独自にタネを開発してるってことか」

木村は首をかしげた。「どうですかね、応用にすぎないものもあるし。そうだ、もしプロが使っている道具に関心があるなら、そういうお店にいってみてはどうですか」

「そういうお店？　ここじゃないのか？」

「ここは、一般のお客さん相手ですからね。プロ用のお店には、プロマジシャンが使う道具がいろいろ売ってますよ。引きネタとか、フラッシュペーパーにフラッシュコットン、ギミックコインとか」

「ここにある商品とそれらは、どう違う？」

「ここにあるのはいわば、食品でいえばレトルトってことですよ。レンジでチンするだけで食べられる。そんな感覚で、ひとつのパッケージを買って説明書どおりに道具を使ってみせれば、それだけでマジックになる。しかしプロ用の店ってのはどちらかというと食材を扱っている感じですね。カレー粉、ルー、じゃがいもににんじん……。そういうものを組み合わせて、独自のパフォーマンスをつくりあげるんです。とはいえ、まあ活用の仕方はほとんど決まっているようなものですがね」

「そのプロ専門の店ってのは、誰かに弟子入りでもしなきゃ場所を教えてもらえないのか？　あるいはプロマジシャンとしての名刺が必要だとか」

「いいえ、お客さんなら誰でも歓迎してくれるはずです。プロにかぎらず、セミプロというか、マニアックなアマチュア愛好家がいますからね」木村は棚からファイルを手にとり、ぱらぱらとページを繰った。やがてそのなかから一枚の紙片を取りだした。「ほら、ここです。マジック・プロムナード。場所は大手町ですね。この時間なら、まだ開いているでしょう」

「この紙、もらっていいか」

「どうぞ」

「わかった、いろいろありがとう」舛城は紙片をたたんでポケットにおさめた。「なにも買わなくて、悪いな。まあ、塩でも撒(ま)いて清めておいてくれや」

「塩」販売員の表情がぴくりと反応した。「塩ねえ」

浅岸は気になってきいた。「どうかしたんですか？」

「そういえば、よくいいますよね。いいお客さんが来るように、塩を撒いて清めるって」

「……それがなにか？」

「いえ、よいお考えだなと思いましてね」販売員は両手をかざした。「では、そうしましょう」

手のなかが空であることを充分にしめしたあと、販売員は右手をこぶしに握った。そのこぶしを傾けると、驚くことに、真っ白な塩が零れ落ちて、テーブルマットの上に積もっていくではないか。

呆気にとられて、浅岸は販売員の顔を見た。販売員はにやにやするばかりだった。

「木村さん」舛城は販売員に告げた。「どうやら機転のきく人みたいだな。しゃれっ気もあるようだ。いろいろ世話になって恐縮だが、最後にひとつ聞きたい」

「なんですか」

「以前に俺は外国の、街灯もなければ民家の窓あかりひとつない曲がりくねった山道を、ヘッドライトも点けずに時速百キロで駆け抜けたことがある。だが、事故ひとつ起こさなかった。なぜだかわかるか」

「……さあ？　素晴らしいドライビングテクニックをお持ちだったってことですかね」

「わかった。邪魔したな」舛城は歩きだした。

浅岸は、塩の出現するマジックについて販売員に問いただしたい衝動に駆られていた。けれども、舛城が立ち去りかけたいま、その願いは叶わない。

販売員の手のなかには、間違いなく何もなかった。どこに塩を隠していたというのだろう。あんなマジックがまかり通るようなら、覚せい剤所持の犯罪者らは無事に粉を隠しおおせてしまう。

バニッシュ

舛城は腕時計に目を落とした。暗くて文字盤がみえない。キーホルダーに付いたペンライトを取りだし左腕を照らす。午後八時半。

シャッターの閉じたオフィスビルが連なり、歩道には人影ひとつない。商売にならないせいか、ビルの谷間に位置するコンビニエンス・ストアも夜間は閉店している。街路灯がおぼろげな光を放つほかは、すべて夜の闇に溶けこんでしまっている。

大手町、オフィス街。いまは無人のゴーストタウンも同然だった。

浅岸がきいてきた。「警部補、ちょっといいですか」

「なんだ」

「さっきの塩のマジックですけど、やばくないですか」

舛城は思わず笑った。やはり浅岸は気づいてなかったか。

「おまえは、あのトリックが覚せい剤の隠匿にでも使われやしないかと心配してるんだろ？　大丈夫さ。ヤクの所持を疑った場合には応援を呼んで、容疑者を取り囲む。その時点でタネはばれる」

「あのタネ、わかったんですか？」

「販売員が前もってタネを明かしてたじゃねえか。あの指サックだよ。サムチップとかいう商品」

「あのちゃちな親指のキャップですか？」浅岸は記憶をさぐるように目を白黒させた。「ありえませんよ。あんな物が指先に嵌ってたら、すぐわかるはずです」

「それがちがうんだな。あの指サックを装着した親指はずいぶん長くなるから、横からみればわかるんだが、親指の先を正面に向けられているとわからないんだ。あんなふうに手を開いてみせられると、客は手の中に注意を向けてばかりで、親指の先なんて疑っちゃいない。あのディーラーは、俺にはわざと指サックがみえる角度でやってみせて、おまえをからかったんだよ」

「でも、どうやってサムチップに塩を仕込んだんです。僕らが偶然、その会話をしたときに塩を取りだすなんて。準備できる間もなかったはずですし」

「それが、あいつの機転のきくところだよ。あれが塩かどうかはわからないし、ひょっとしたら砂糖か、なにかマジックに用いる粉末かもしれない。それが売り場のショーケースの陰に用意してあった。俺が塩について会話を振ったとき、あいつはそれを使う絶好の機会だと思ったわけだ」

「偶然の会話を演技に結びつけたわけですか」

「そうだ。芸人がアドリブを利かせるのと同じ機転だよ。それで驚きの効果が倍増するからな。なんにせよ、ガサ入れの時に犯人がコナ隠すなんて、できっこないわけだ。正面にいる客にしか通用しないトリックだからな。ま、そんなに気にするなよ。見破れないことがあったからってやたら自分を責めるのは、俺たちの職業病みたいなもんだ。マジックの関係者にしてみりゃ、だますのが仕事だからな」

「詐欺師がマジックを覚えないことを祈りたいですよ。そういえば、あのリングの手品は？　切れ目がないように見えましたが」

「本当にねえんだよ。どこで見たのかは覚えてないが、あのタネは知ってた。堂々と切れ目があるリングが一本、切れ目のないリングが一本、切れ目がないうえに最初からつながっているリング二本。計四本のリングを、繋いだり外したりしてるように見せる。そんなマジックだな」

……

「切れ目がないんですか？　僕はてっきり、よくできた接合面がどこかにあるのかと……」

「それも盲点ってやつだ。商品に緻密な仕掛けが施されていると、勝手に思いこんじまったんだ。本当に輪をつないだりはずしたりできる、そんな仕掛けがあると。それはおまえが、マジックにひっかかってた証拠さ。マジシャンは輪を自由につなげられる、そこまでの事実は正しいと思いこんでたんだ」

「違ってたわけですか」

「そうとも。あのときディーラーは、最初からつながっていた二本のリングをあたかもつながっていないように重ねて片手に持ち、もう一方の手に持ったリングを振り下ろし、直後につながっているリングをチャリンと垂れ下がらせた。つまり錯覚だな。目の前でつなげたように見せたわけだ」

「なんてこった。そうですか」

「俺たちにとって、見えたってのは、マジシャンが見せたにすぎないってことだ。奥が深い世界だな。しかもあのディーラー、おまえがリングの切れ目っていうタネを指摘したのを受けて、すぐさまそのタネをばらしやがった。大胆なやり方だな。一方がばれちまったとき、もう一方のやり方を強調することで、正しかった推理をまちがっていると思いこませる」

「やっぱり詐欺師だ」

「いや。あのディーラー風情に、カネが倍になる現象を演じることができるかといえば、ちと疑わしいと思うがな」

「どうしてですか？　トリックに精通しているのなら、カネを倍に増やす方法も思いつくんじゃないですか」

舛城にはそうは思えなかった。心のなかにわずかにひっかかるものが残っていた。だが、それがなんであるか見極めるためには、もう少しこの世界を深く知る必要がある。

大手商社と銀行のビルのあいだのわずかな空間に建てられた、細長い五階建ての雑居ビルを見上げた。

築三十年は経過しているらしい、外壁の塗装もすっかり剝げ落ちてコンクリートがむきだしになっている。エレベーターらしきものはない。一階の不動産事務所のわきにある狭い階段を上っていく、それが唯一の入り口らしかった。

「住所は、ここだな」舛城はそういって近づいた。「郵便受けにマジック・プロムナードと書いてある。四階だ」

「ここですか」浅岸が怪訝な面持ちでつぶやいた。「とても、幻想を売り物にしている店があるようにはみえませんね」

「むしろ好都合だ。この業界がどんなものであるかまだ見えてこねえが、ここが卸しのように飾りっけのない無機質な店舗である以上、小売店のような末端ではなく業界の中枢により近い存在だろう」

階段に歩を進めた。

四階まで上ると、透明なガラス戸に〝マジック・プロムナード〟と白く書かれた入り口が待っていた。

店内には明かりが灯っている。客足がなくても、この時刻まで営業している姿勢は立派といえるかもしれなかった。

舛城は戸を押し開け、なかに入った。

八畳から十畳ほどのスペースは、さまざまなマジック用品に埋め尽くされていた。陳列というよりは、ただ雑然と積みあげられているだけにみえる。

正面には、デパートの売り場よりは大きなショーケースのカウンターがあり、太りぎみの中年男がトランプをいじりながら、斜にかまえておさまっている。服装は黒のポロシャツにスーツ用のズボンといういでたちだった。

ここの従業員であることはあきらかだが、舛城たちにちらと視線を向けると、なにもいわずに身体を起こし、傍らのドアから控室へと姿を消していった。

浅岸が舛城の耳もとでささやいた。「無愛想ですね。商売する気、あるんでしょうか」

「さあな。こういう店をたずねてくるのは常連客がほとんどだ。いちげんさんお断わりって姿勢をみせられてもふしぎじゃない」

店員が消えてくれたおかげで、店内をつぶさに見てまわることができる。

古臭く色あせた感じに包まれた時代錯誤の空間だった。壁にかかった年代ものと思われる海外マジシャンのイラスト・ポスターこそは、あえて古い時代の装飾として掲げているものなのだろうが、この店に並んでいる商品の色合いとさして時代の隔たりを感じさせない。赤というよりはエンジいろに塗られたギロチン、なにに使われるのか判然としない黄色や緑いろの大小の箱、金の縁取りがついた筒。色とりどりのシルク布、万国旗、〝寿〟と大きく書かれた旗、むかしの漫画にでてくるマジシャンがかならず身につけていたようなステッキ、シルクハット、黒マント。

マジックの古典芸能としての伝統を尊重する店舗だったとしても、もう少しデザインにセンスというか、今風なものを感じさせるところがあってもいいはずだ。ここにある道具は、舛城が子供のころ、祭りの催しで観た奇術で用いられていたものと大差なかった。

商品に関心があるそぶりをしてみたが、店員が戻ってくる気配はまだない。

天井から吊り下がった防犯カメラに目を向けてみる。壁には、セコムのステッカーも貼ってあった。

こいつは……困りものだな。あとで店員に苦言を呈さねばなるまい。

次にポスターを観察してみる。古いアメリカン・コミックの表紙を彷彿とさせる、大仰な表現の海外マジシャンのポスターのなかに、日本人のものが混じっていた。

やたらと化粧が濃い女のバストアップの写真だった。メイクも、長い黒髪に突きささった金メッキの髪かざりにしても、昭和三十年代から四十年代の芸能人を連想させる。いまどきこんな化粧を施すのは紅白歌合戦の小林幸子ぐらいのものだろう。その小林幸子の衣装にしても、このポスターのなかの女が着ているものよりは数倍センスがいいと思える。

ポスターの下部には〝出光マリ・マジックショー〟とあった。さらにその下の開催日時をみて、舛城は驚いた。2008年9月5日～26日、午後八時から。場所、銀座アイボリー劇場。

「まじかよ」舛城は、まだ姿を現そうとしない店員をひっぱりだすためにあえて挑発的な声をあげた。「レトロ趣味もここまでくるとどうだろなって感じだ。見ろよ、この髪形に分厚い化粧。骨董品かと思いきや、現役らしいぜ」

小太りの店員はまだトランプをいじくりながら、おずおずとカウンターのなかに戻ってきた。

「お客さん」店員が口をきいた。「なにかお探しで」

よくぞ聞いてくれた、と思いながら舛城はいった。「カネを倍に増やすトリックだ」

店員の反応はわずかなものだったが、あきらかにデパートのディーラーとは異なっていた。

驚くわけでも、考えあぐねるわけでも、笑顔をみせるわけでもない。店員はただ視線をそらし、つぶやいた。「さあ。あれはまだ……」

「まだ？　なにがまだなんだ。まだ商品が店頭にでてないのか。入荷待ちってことか」

「いえ」店員はそらぞらしくカウンターのなかを見てまわるそぶりをした。そのあいだも、手はトランプを弄び（もてあそび）つづけている。「そんな手品は、ないですね」

「ない？　なんだか、そういうモノがあるような態度だったが」

「ちょっと勘違いしただけです。お客さん。ご趣味のほうは？」

「俺の趣味か？　まあ、ゴルフと酒……」

「そういう話じゃなくて、お客さんのマジックのご趣味です。クロースアップ、サロン、ステージのどれですか」

専門店だけに質問もマニアックなものだった。舛城は推測をはたらかせた。

ステージというのは舞台用の大仕掛けなマジックで、クロースアップというのは目の前でみせる小道具を用いたマジックだろう。だとすれば、サロンというのはその中間ということになる。

あの札束が倍増するという奇跡は、どこに当てはまるのだろうか。

考えるより先に、刑事としての悪魔的な挑発が口をついてでた。「部屋でふたりきりでみせるマジックが好きだ。借金に追われている自営業者が相手なら最高だな」

ところが、店員はこの罠(わな)には乗ってこなかった。はあ、ととぼけた返事をかえしただけだった。

舛城は妙な気配を感じた。

店員はポーカーフェイスを努めているのではなく、単に何も知らないだけではなかろうか。だが、札束が倍になるマジックという舛城の言葉には、たしかになんらかの反応をしめした。

「お客さん」店員は無愛想にいった。「手軽にみせられる手品をお探しでしたら、デパートの手品売り場に行かれてはどうですか」

「それはさっき行ってきた」舛城はカウンターの傍らに吊り下げられた、直径三十センチほどもあるリングを眺めていった。「ほう、でっかいリンキングリングだな」

「ええ。このギミックはよくできてるでしょう。切れ目がまったくみえないんですよ」

浅岸がにやついた。「そんな古い手……」

店員は眉をひそめた。「古い手？」

「最初からつながってる輪を、いまつないだように見せるんでしょう？　子供でも知ってますよ」

ところが、店員の挙動は予期せぬものだった。リングを両手でつかむと、軽くひねった。するど、傷ひとつないように思われたリングの一箇所が軽い音をたてて切断され、一センチほどの隙間ができた。

「新発売です」店員はいった。「従来のリンキングリングを知っている人でもひっかかる仕掛け。精密な結合です。輪になっている状態で相手に手渡しても、まず気づかれません」

上には上がいる。舛城はぐうの音もでなかった。

浅岸はあわてたようすで、目を瞬かせながら店員にきいた。「なるほど、よくできてる……。値段はいくらですか？」

「十八万です」

「なに？」舛城は思わず声をあげた。「こんな輪っかが、そこいらの初任給並みに高いってのか」

「輸入品ですし、効果的な道具なので……」

もはやマジックに関してはしろうと同然という素性は見抜かれてしまったにちがいない。

だが、新たな可能性が見いだされた。市販のトリックはすべてチープなものかと思ったが、プロ用となるとそうでもないようだ。これだけ精巧な仕掛けが存在するのなら、カネが倍増するという現象について、なんらかのギミックも存在しうるかもしれない。

ここは奥の手でいくか。自分の職歴とこの業界が接点を持った唯一の例、それを引っ張りだしてみるとしよう。

舛城はいった。「時代は進んでるな。これだけ精巧な道具があるなら、当然ギミックコインの加工も進歩したんだろうね」

「アメリカのコインですか、それとも日本円の？」

「日本円」

「ありますよ」店員は百円玉と五百円玉を取りだし、カウンターの上に置いた。

しめた。舛城は落ちついた口調で答えた。

「触ってもいいか」

「どうぞ」

マジック用品の売り手はタネを明かしたがらないものと思っていたが、専門店クラスとなるとちがうらしい。客もタネを知っていて当然というのが慣例なのだろう。

舛城は硬貨に手を伸ばした。

厳密には、それは硬貨ではなかった。以前硬貨だったが、いまはたんに硬貨にみえるだけの物だった。五百円玉のほうはひどく軽かった。一円玉並みだった。裏返してみると、その理由がわかる。コインの裏側は刳りぬかれて空洞になっていた。

「そっちはシェルコインです」と店員がいった。「エキスパンデッドシェルでね、直径がわずかに大きくなってる。五百円玉にぴったり重なります」

シェルとは貝殻のことだ。なるほど、よく考えられた命名だと舛城は思った。この表から見ると五百円玉にみえるシェルコインは、本物の五百円玉にぴったり重なるようにできている。相手からみれば、二枚の五百円玉が一枚に減ったように思える。そんな仕掛けだった。

百円玉のほうは、手にとっただけでは違和感も生じなかった。が、いじっているうちにすぐタネはみえた。表の桜模様の中心部分、直径約五ミリの穴が円形状に開口するようにつくられている。開閉部分はゴムの弾力で支えられている。

店員が告げた。「シガレットスルーコインです」

舛城はうなずいた。「マリックさんが百円玉にタバコを通してみせていた、あれだな」

よくできている。一見しただけではふつうの百円玉にみえる。もとは本物の百円硬貨なのだ、それも当然だろう。だが、決定的な問題がある。この商品は違法なのだ。

二〇〇六年、警視庁は大阪の手品用品販売業者らを、硬貨の違法加工による貨幣損傷等取締法違反容疑で逮捕した。ニュースは広く報道され、ここも専門店ならその事実を知らないはずもない。

裏ビデオと同じで、違法販売と知りながら扱っているのだろう。

「これはいくらだ」と舛城は店員にきいた。

「シェルコインが一万八千円、シガレットスルーコインが一万五千円。それと」店員はセロテープにくるまれた十枚ほどの一円玉の束を取りだした。「曲がる一円玉。十枚で三千円」

「曲がる一円玉だと？　どっかで聞いたな。以前、詐欺で挙げた気功団体の連中が、一円玉と同じアルミ製硬貨を気功の力で曲げられるって吹いてたけどな。なんのことはない、ガスコンロであぶった一円玉を水につけて冷ました、それだけで一丁あがりっていう安手のからくりだ。アルミだから焦げ目はつかない、でも熱で柔らかくなるんだな。それを三千円で売るってのはどうかと思うぞ。一円玉十枚を火にあぶったら三千円に化けるなんてな。マジシャンでもびっくりだ」

「加工の方法は簡単でも、アイディア料が……」

「その加工が問題なんだよ。忠告しとくが、摘発されるとこれを売って儲(もう)けたカネがパアになる可能性があるぞ。売買行為が民法九〇条の公序良俗違反になるから、無効ってことになっちまう。客に全額返還しなきゃならないってことだ。まあ、初犯なら執行猶予もつくだろうし、略式起訴で罰金刑ていどで済むとは思うが」

店員の顔はみるみるうちに青くなった。「そのう、失礼ですがどちらさまで……」

浅岸が警察手帳をだした。「本庁捜査二課の浅岸。弁明したいことがあるなら、いまきこう」

「そ、そんな、弁明だなんて。僕はここの一店員にすぎませんし、ギミックコインなんてものは、どこでも販売してるし……」

刑事は流れしだいで飴役と鞭役に分かれる。きょうの鞭役は浅岸にきまったようだった。険しい顔をした浅岸が店員にきいた。「どこでも販売してる？　ほかにどの店で？」

「勘弁してくださいよ。狭い業界なんです、同業者に迷惑をかけるわけには……」

飴役の出番だ。舛城は穏やかにいった。「わかるよ。ギミックコインなんてプロマジシャンか一部のマジック愛好家しか買わないものだからな。いまこの場で、いきなり責任求められても、きみは面食らうだけだろう」

「そうですよ」店員は必死になっていた。「歴史も長い道具ですよ。もともとはアメリカのコインで発売されてたんです。でもそれじゃ、日本のマジシャンが演じるのに不都合だから、一部で細々と造られて販売されてたんですよ。でも最近はアマチュアでも使う人が増えて、よく売れて、わっと広まっちゃって……」

「なるほど。ただねえ、アメリカじゃ硬貨を変造するのにお咎めはないが、こっちは違うんだ。アメリカのコインを使って手品を演じるしかねえな」

「そういう考え方のプロもいますが、説得力に欠けるんですよ。相手が見慣れていない外国のコインをいきなり取りだしてタバコを突き通したって、コインに仕掛けがあると思われるだけじゃないですか。それに、観客から借りた百円玉で演じる場合には、どうしても……」

「観客から借りた？　どういうことだ。ギミックコインを使うんじゃないのか」

「もちろん使うんですけど、すりかえるんですよ。百円玉とタバコを貸してください、そういって、みごと奇跡を起こしてみせるんです。それがマジックの演出ってやつじゃないですか」

「客から借りた本物の百円玉をギミックコインとすりかえて、手品を演じ、またすりかえて本物を返すってのか」

「そうですよ」

「どうやるんだ」舛城は身を乗りだした。実践的な技術にはなにか得るものがあるかもしれない。「教えてくれ」

「ええと」店員はポケットから百円玉をとりだし、震える手で舛城に渡した。

本物の百円玉だった。

店員は告げた。「それを、右手の中指の付け根と、関節のあいだに置いて」

「こうか？」舛城はつぶやきながら指示どおりにした。

「そう。で、指先を軽く曲げる。そうすると付け根と関節のあいだに硬貨がはさまります よね。それでてのひらを返し、手の甲を上にする」

舛城は指示どおりにした。ネコのように曲がった指先のなかに、百円硬貨が隠れている。

「それだけです」と店員はいった。「右手でいまの動作をしながら、左手で下から硬貨を 受け取ったふりをすれば、観客の目には硬貨が左手に渡されたように見えます」

「本当かよ。これでひっかかる馬鹿がどこにいる」

「そうでもないです。ちょっと貸してください」店員は百円玉を受け取った。「自分で、 視線を追うんです。右手から左手、こういうふうに」

店員はコインを右手から左手に渡した。そうみえた。

だが、左手のこぶしを開くとからだった。

コインは、舛城が行ったとおり、ネコのように自然に曲げられた右手の指のなかに隠し持たれていた。

その瞬間、舛城ははじめてマジシャンの妙技を見せられた気がした。「これはたいしたもんだ」

舛城がすなおな反応をしめしたせいか、店員はいくぶんくつろいだようすになった。

「これで〝手のなかで消えるコイン〟って手品は演じられることになります。専門用語でバニッシュといいますけどね」

「百円玉を、ギミックコインにすりかえる方法は？」

「あらかじめ右手の中指の付け根に、ギミックコインを隠し持っておくんです。左手で本物の百円玉を受けとり、右手に渡すふりをします。それだけです。左手のなかに本物の硬貨を隠し持ち、右手はギミックコインを見せている状態になるんです」

店員はそういいながら動作してみせた。わかっていても、たしかに一枚のコインを手から手に渡しただけのように見える。

「驚きだな。錯覚が起きてるわけか？　俺がガキのころ、マジシャンは袖を使うって親父から聞かされたが」

「そんな大変なことはしませんよ。目にも止まらぬ早業で袖に放りこむとか、やたら手練を要する技術があると噂になったりしますが、たいていマジシャン自身が吹聴するデマです。本当のマジシャンの技法はシンプルかつ奥深いものです」

「その技法についてだが、マジシャンはみんな同じワザを使うのか？」

「基本は同じですが、やり方は人それぞれですね」

「でもギミックコインはみんな同じものを使うんだろ？　ここで買った道具を、勝手に自分の演目に使っていいのかい？　買った店にバックマージンを払ったり、許可を得たり、発売元に著作権使用料を払う必要はないのか」

「ないですよ、そんなもの。マジックのタネはすべてのマジシャン、マジック愛好家が共有するものです」

「へえ。なら、さっきのリングが十八万ってのもうなずける。それっぽっちでいいのならな。歌手は他人の持ち歌を勝手に歌うわけにはいかないし、お笑い芸人だって同業者のネタはパクらねえ。しかしマジックは、誰でも買ったタネを自由に使い放題か。道理で、誰もが同じようなマジックをやってるはずだな」

「まあ、それが慣例ですからね」

舛城はひそかに舌打ちした。アイディア特許が認められている世界のように、出所を辿れるかもしれないと考えていたが、ひと筋縄ではいかないようだ。カネが倍に増えるというトリックの発案者が存在したとしても、その人物が即容疑者というわけではなくなる。

「ところで」と舛城は店員を見つめた。「もう一度聞いておきたい。目の前でカネが倍になる。札束が二倍に増える。そういうマジックを知っているか」

しばらく飴役をつづけてみたのが効果を挙げたらしい、店員は緊張に耐えかねたようすで、早口に喋りだした。「僕の口からはなんとも。店長ならわかるかもしれないですが」

「どこにいる?」

店員はさっきのポスターを指差した。「出光マリさんのショーにでかけてます」

「銀座にか?」

「そうです。うちのバイトや常連客も一緒にいってます。出光マリさんも、うちにはよくおいでですから」

舛城はふたたびポスターに目を向けた。ショーの開始時刻は午後八時。

浅岸がささやいた。「いまからいけば、終了には間に合うかもしれません。クルマでいけば近いですし」

「そうだな」舛城はまた店員を見やった。「もうひとつ質問があるが、いいか」

「ええ……。どうぞ」

「有名な音楽プロデューサーと、新人のアイドル歌手のあいだに子供ができた。だが、そのアイドル歌手の男性ファンたちは、まったくショックを受けなかった。なぜだかわかるか」

「さあ。その、そんなに熱烈なファンじゃなかったんでしょう。でもなんで、そんなことをお尋ねに？」

「いや、なんでもない。コインマジックの伝授、ありがとな」舛城は立ち去りかけたが、壁ぎわをみてふと気になることを思いだした。「そうだ、ひとつ言い忘れてた。この店の防犯対策じゃ万引きや空き巣が防げるどころか、かえって寄せつけることになる。そこんとこ、再考よろしくな。このまま泥棒にやられて泣きっ面で被害届出されても受理できねえぜ」

店員はぽかんとしていたが、舛城はかまわず背を向けて歩きだした。

狭い階段を下りながら、浅岸がきいてきた。「かえって空き巣を寄せつける防犯対策？」

「防犯カメラはダミーだ。それもいちばん安物のな。最近の空き巣はダミーカメラの品目なんかすべてチェックしてる。それに、セコムのステッカーだ。ありゃセコムと契約してるわけじゃなく、ステッカーだけ手に入れて貼ったんだ。どこかで買い集めたんだろう。セキュリティはなにも施されちゃいねえ」

「どうしてわかるんですか」

「二枚並べて貼ってあるステッカーのシリアル番号が違ってる。契約店なら同一のはずだ。

おかしな話だよな。トリックのエキスパートであるはずのマジック専門店が、こんなちゃちな方法で空き巣をだませると考えてるなんて。犯罪者の心理ってやつをまるでわかっちゃいねえ」

「すると、この店の連中はシロですか」

「どうかな。まだわからない。店長ってやつに会うまではな」

携帯電話が鳴った。浅岸が懐に手をつっこんだ。

「浅岸ですが」電話にでた浅岸の声が、にわかに緊張を帯びた。「本当ですか?」

舛城はきいた。「どうかしたか」

「ちょっとお待ちください」と浅岸は電話に告げてから、舛城を見た。「澤井さんをはじめ、複数の参考人から二課に連絡がありました。カネを倍に増やす男から巨額の出資を要請されたとか。中野坂上の会場を指定されたそうです。現金を持ってこいと」

はじまったか。舛城は思わず唇を嚙んだ。

むろん、これまでおいしい思いをさせてきた連中から残らずカネを巻きあげて、逃亡を図る算段だろう。警察が参考人たちを署に引っ張ったせいで、犯人は予定を繰りあげたのかもしれない。

澤井たちのもとには自分がいくべきだろうか。舛城は考えた。これが大規模な詐欺事件となるかどうかの瀬戸際だ、常識で考えればそうかもしれない。

だが、まだいくつも腑に落ちないことがある。勘と経験を要すると思われる調査のほうにこそ、俺は出張っていかねばならない。

舛城はキーを投げ渡した。「浅岸、中野のほうは任せた。クルマで行け。俺はタクシーで銀座にいってみる。ぬかるなよ。犯人との接触もありうるかもしれん」

「まかせてください」浅岸は色めきたった顔でうなずくと、階段を駆け下りていった。張り切ってやがる。若いうちはそういうものだな。

舛城はゆっくりと階段を下りていった。外にでると、この季節にしては肌寒い夜気が包んだ。

ポケットに手を突っ込むと、指先が小銭に触れた。つまみだしてみると、十円玉だった。右手中指の付け根に置いた。

「渡したフリ、か」

明かりの消えたショーウィンドウの前で足をとめ、映っている自分の姿を見ながら〝バニッシュ〟を演じてみる。

こいつはひどい。渡すフリにすらみえない。

うんざりして硬貨をポケットに戻し、歩きだした。人をだます素質なんか必要ない。

少女

銀座アイボリー劇場という名など、舛城は聞いたこともなかった。移動に使ったタクシー運転手も同様のようすだった。

やっとのことで見つけたその劇場の入り口は、四丁目の木村屋総本店にほど近い、飲食店と文具店にはさまれたビルの谷間にあった。

劇場というよりは場末のライブハウスの入り口に近いその路地には、物憂げなグリーンの光をおぼろげに放つ〝銀座アイボリー劇場〟の看板、その下にさっきマジック・プロムナードで見た出光マリのポスターが貼ってあった。

路地にひとけはない。バーやクラブが連なる繁華街からも離れている。

呆(あき)れた気分でエントランスをくぐる。ビルも古そうだった。何度も貼り換えられた跡のある壁紙、天井の切れかかった蛍光灯。通路というよりは隙間と呼ぶのがふさわしい狭い空間を抜けると、小さなエレベーターに行き着いた。

扉のわきに手書きの案内が貼ってあった。銀座アイボリー劇場、七階。乗るしかない、か。舛城はボタンを押した。

上昇する箱のなかで断続的な振動と、ほとんど金切り音に近いノイズに包まれた憂鬱な時間を過ごしたあと、舛城は七階に降り立った。

驚いたことに、扉の外はすぐ客席だった。

三十席ほどしかない座席はがら空きだった。客は七、八人、それも連れ合いらしい。客席の前のほうに陣取って、耳障りなほど大きな笑い声をあげている。

舞台はストリップ小屋同然に客席に接近していて、奥行きはほとんどない。照明はイベント業者のいう〝地明かり〟、つまり舞台をまんべんなく照らすだけでスポットライトはない。そんな舞台で、黒縁眼鏡の若い男がマイク片手に喋りながら、手にしたロープでマジックを演じていた。

パーティーグッズ売り場で買ったとおぼしき金色の大きな蝶ネクタイや、派手なラメ入りの上着から察するに、コミカルな演目なのだろう。

「あのー。それではこの結び目に息を吹きかけまして」男は急に黙りこみ、ロープを持つ手をもぞもぞと動かした。「いや、ちょっとまってください。あの、もういちど最初っからいいですか」

客たちがげたげたと笑った。「白井、サムチップ忘れてきたんじゃねえの」

壇上の男が戸惑いがちに笑って応じる。「いや、そうみたいで」

さらなる笑いの沸き起こる客席とは対照的に、舛城はしらけきっていた。

なんだろう、この状況は。リハーサルかと思ったが、どうやらちがうようだ。壇上にいるのは出光マリの前座か相棒かわからないが、客席にいるのは彼の連れ合いのようだ。

センスのない芸人と仲間たちの馴れ合いはいつ果てるともなくつづいた。舛城はただ唖然として見守るしかなかった。

「あのう」近づいてきたスーツ姿の痩せた男が、怪訝な顔で声をかけてきた。「なにかご用ですか」

「ご用って？　ショーを見に来たんだが」

舛城の返答に、男はいっそう慌てたようすだった。「どなたかのご紹介で？」

「マジック・プロムナードのポスターを見たんでね」

男はやっと安堵のいろをうかべた。「ああ、そうですか。千二百円です」

代金と引き換えに、おそらくほとんど消化されていないチケットの束から、一枚が引き抜かれて舛城に手渡された。

客が来ないことが習慣になっているために、突然の客にびくつく羽目になるとは。この男も気の毒に。

「出光マリさんは？」と舛城は男にきいた。

「出番はこのあとですよ。いま控室のほうにおられます。お目にかかります？」

舛城は驚きを隠せなかった。一般客と出演者の隔たりのない舞台とはいえ、名も肩書も知らない客をショーの主役に会わせてくれるとは。

舛城はいった。「ぜひお願いしたいな」

「どうぞ、こちらへ」

フロアには、エレベーターの扉と階段につづく非常口のほかには、ドアらしきものひとつない。どこに案内する気だろうと訝しがっていると、男は客席のわきを舞台へと進んでいき、公演中の舞台の袖に入っていった。

舛城もしかたなくあとにつづいたが、まず舞台の上のマジシャンと目が合い、次いで客席の男たちの視線が突き刺さるのを背に感じた。マジシャンは呆気にとられた顔でセリフを中断し、舛城をみつめている。

「つづけてくれ」舛城は立ち去りぎわにいった。「蝶ネクタイ、似合ってるぜ」

舞台の袖に入っていくと、薄暗い部屋に行き着いた。

床にはマジック用品が並んでいるが、ほとんどはマジック・プロムナードで見かけたものばかりだった。その先には洋服掛けが並んでいて、ポスター同様、四十年ほど前の演歌歌手が着ていたような衣装がハンガーに吊るされている。

その隙間を縫っていくと、モップをかけているTシャツにジーンズ姿の若者に出くわした。褐色の髪が肩まで伸びた、痩せた若者。こんな公演にも、スタッフらしき人間はいるらしい。

「やあ」と舛城は声をかけた。

若者は顔をあげた。舛城はその顔をみた瞬間、意外性に凍りついた。

女だった。それも顔のつくりの小ささに反比例して、人形のように大きな瞳を持った、十代半ばの少女だった。

化粧はしていないが、白く艶のある肌にはニキビひとつなく、すっきりと通った鼻筋と薄い唇が妙に大人びた雰囲気をかもしだしている。前髪は汗に濡れていた。さほど暑くもない部屋でこれだけの汗をかくのだ、よほど熱心に働いていたのだろう。

少女はなにもいわず、モップを引き寄せて壁ぎわに立った。舛城の行く手を空けてくれたのだろう。

だがそのせいで、舛城はさっさと歩を進めざるをえなくなった。ようやく出会えたまともそうな人間と会話を交わしたいところだったが、仕方ない。衣装をかきわけて部屋の奥に踏みいった。

前方から女の声がした。「金沢のイベント、どうなったの」

「NGです」男の声が答える。「残念ですけど」

やっとのことで衣装の密林を抜けだすと、三人の人間が舛城の視界に入ってきた。鏡に向かって座る女は、アイシャドウ片手にメイクに忙しい。

中年の男は、その傍らに立っている。

残るひとりは、舛城を案内した切符売りの男だった。

切符売りが男女に耳うちした。「お客さんです。マジック・プロムナードから」

「まあ、そうですか」女が立ちあがった。

化粧の濃さでは銀座一かもしれない、派手なドレススーツ風の衣装を着た女。年齢は三十代半ばぐらいだろうか。実際にみると顔の凹凸は乏しく、化粧を落とせば純和風のこれといって特徴のない顔をしているにちがいない。

女は化粧にひびが入るほど大仰な笑顔でいった。「出光マリです。マジックの世界にようこそ」

「どうも……。まさか楽屋に案内されるとは思わなかったので、緊張してますよ」

「そんなことおっしゃらずに、どうぞくつろいでくださいな」出光マリは椅子に腰をおろした。「わたしの出番は、まだこれからなの」

「するといま舞台に上がっている彼は、前座ですか」

「大介くんのこと？　知らないの？　しょっちゅうマジック・プロムナードで油を売ってる彼よ。店員のアルバイトも、たまにやってるけど」

「いや。私は、きょう初めてマジック・プロムナードなる店にいったばかりで。デパートのマジック用品売り場のディーラーのお勧めでね」

「ああ、そう」出光マリの顔にはまだ笑顔がとどまっていたが、どこか人を見下したような態度がのぞきはじめた。「じゃあマジック歴は浅いわけね？　どうしてそんなにあせってマジックをマスターしたいと思うの？　会社の宴会でみせるだけなら、デパートで売ってる商品で充分よ？　じっくり練習してみたら？」

自分を初心者とみなして、侮蔑しているという状況だろうか。それとも、この世界では親切なアドバイスに属することなのだろうか。あまりに世間の常識からかけ離れすぎていてぴんとこない。

「私は会社員でも、宴会手品を習いにきたんでもありません。仕事でね」

出光マリと中年男はしばし顔を見合わせていたが、やがて出光マリはあわてたようにたずねてきた。「もしかして、テレビ局の方？」

いいえ、と舛城は首を横に振った。「警視庁捜査二課の舛城といいます。ちょっと調べたいことがありまして、立ち寄らせてもらいました」

　中年男は落胆と反感をあらわにしたが、マリは興味深そうに目を輝かせた。「刑事さん？　なんかすごいわね、二時間サスペンスみたい。マジックの世界にようこそ」

「さっき聞きましたよ」舛城は笑いながらも、油断なく中年男を見据えた。

　髪が薄く、やや小太り、鼻が低くゴリラのような顔つき。安物っぽい仕立てのスーツは体形に合っておらず、ワイシャツの襟もとのボタンをはだけているのは洒落ているのではなく、太りすぎてとまらなくなったのだろうと推察される。

　胡散臭いという形容がここまでフィットする人間もめずらしい。いずれにせよ、まともなことで食えている男ではないだろう。

「失礼ですが」舛城はマリに目を戻した。「あなたは、プロのマジシャンでいらっしゃいますよね？」

「ええ、そう。本名は倉木マリといいますの。その名前で舞台に立っていたんですけど、先日、テレビのお仕事をやったときにプロデューサーが、マリちゃん、すまないけど、倉木麻衣っているでしょう、歌手の。あれとごっちゃになっちゃうから、ほかのに変えてよっていうの。で、わたしはいいわよ、って。だってつい一か月前まではプリンセス・マリっていう芸名だったんだし。ちょっと長すぎるから、新聞の番組欄になかなか書いてもらえないんで、短くしようってことで」

「それで、新聞欄には載るようになりましたか」

「いえ」マリはやや表情を硬くした。「この公演があるから、テレビの仕事を入れられないのよ」

テレビの仕事など、ほとんどないのだろう。さっき舛城をテレビ局の人間とみなしたときの喜びの顔が、すべてを物語っている。

倉木麻衣と同一視されることなどありえないし、番組プロデューサーから馴れ馴れしい言葉を受け取れるほど大物というわけでもない。

見え透いた、薄っぺらい無名芸能人の世界。所轄時代にスナックの巡業をするバンドを麻薬取締法違反で挙げたことがあるが、彼らの業界もこうだった。世間から相手にされていないにもかかわらず、自分をプロと言い張る世界。そうすることがプロ意識だと、価値観を挿げ替えて生きる世界。この出光マリも、そんな世界の住人なのだろう。

舛城は肩をすくめてみせた。「この劇場公演が、ほかの仕事を差し置いてでも幕を開けなきゃならないものとは、とても思えませんけどね。出演者も観客も、マジック・プロムナードでじゃれ合ってるバイトや常連客なんでしょう？　恐縮だが、エンターテインメンとこ、どうなってるの？」

トってのはもっと一般に広く開放したものじゃなきゃと思いますがね」

「おっしゃるとおりよ」マリは中年男を見あげて険しい顔でいった。「吉賀さん。そこんとこ、どうなってるの？」

「あなたは？」と舛城は中年男に聞いた。

中年男はおずおずとポケットから財布をとりだし、一枚の名刺をつまんで舛城に差しだした。

舛城は受け取った名刺を見た。吉賀欣也。肩書は有限会社ソーサリー・エージェンシー取締役、マジック・プロムナード店長となっている。

「あなたが店長でしたか」舛城はこみあげてくる闘争心を笑顔に変えながらいった。「有限会社ソーサリー・エージェンシーとは、なんの会社で？」

吉賀は無表情にいった。「いちおう、マジシャンのプロダクションです」

「マジシャンの、ですか。するとあなたはマリさんのマネージャーというわけですか」

「そういうことです」

「ほかに誰が所属を？」

「まあ……そのう、出光マリさんのほかは、いま舞台に出ている彼だとか、そのう」

「ああ、そうか、そうか。マジック・プロムナードの店長を兼ねておられるんだ、ようするに店員とかバイトとか常連客に、マジシャンとしての仕事のクチを紹介してやるってことですな。いちおうプロとしての〝営業〟をいれてやる、そういうことだな」

出光マリは大仰な笑いで応えた。「ぶっちゃけて言うとそんな感じですわね。でも、そういう細かい〝営業〟も大事ですのよ。この公演だってそう。わたし、アメリカのマジックキャッスルから出演依頼を受けてたのよ。でも、そうすると三か月は向こうに滞在することになる。わたしはそれでもいいけど、マジック・プロムナードに出入りしているセミプロとか、マニアの人たちにも、触れ合いの場を与えてあげないといけないじゃない？」

「なるほど。採算は度外視ってわけですか」

「そうよ」出光マリはうなずき、右手の人差し指と中指を伸ばしてVサインをつくった。その指を物欲しげに動かす。

吉賀があわてて懐に手を入れ、タバコの箱をとりだす。

ところが、その吉賀の表情が曇った。「すみません……。切らしてたみたいで」

マリは忌々しそうに、部屋の隅に呼びかけた。「沙希」

衣装の陰から、さっきの少女が姿を現した。ずっと掃除をつづけていたのだろう、Tシャツも汗びっしょりになっている。

少女はマリのほうに駆けてきた。

「沙希。タバコは？」マリがきいた。

「あの」沙希と呼ばれた少女は困惑したようすで、小声でつぶやくようにいった。「買ってません」

吉賀が舌打ちした。「いつも切らさないよう買っておけといっただろうが」

「すみません」少女は頭をさげた。

「どうぞ」舛城はタバコを取りだし、マリにすすめた。「ラッキーストライクでよければ」

「これはどうも、ご親切に」マリはにこやかにいうと、また表情を険しくして少女に告げた。「行って」

沙希は視線を落としたまま歩き去ると、部屋の隅で用具を片付けはじめた。

舛城はライターをとりだし、マリのくわえたタバコに火をつけながらいった。「未成年者にタバコを買いにいかせるのは犯罪ですよ」

マリは深く吸いこんだ煙を吹きあげながらいった。「まあ。それはたいへん。気をつけなきゃ」

冗談めかした口調でものを言い、笑いあうマリと吉賀。舛城はそんなふたりの大人よりも、部屋の隅の少女が気になって仕方なかった。

沙希と呼ばれた少女は小さな机の上に二本のビール瓶を置いて、その周りでしきりに手を動かしている。いったいなにをやっているのだろう。

マリが声をかけてきた。「舛城さん、とおっしゃいましたわね。それできょうは、いったい何をお調べに?」

舛城はマリに目を戻した。懐に手を入れ、タクシーの釣りの千円札を数枚つまみだした。

「これが二倍に増える。そんなマジックをみせてくれるとありがたいんだが」

マリの顔が一瞬凍りついたのを、舛城は見逃さなかった。吉賀も同様だった。

なんの心当たりもない人間がみせる反応とは、到底思えない。

マリはしばし舛城の顔をみつめていたが、やがて千円札一枚を手にとり、明かりにかざすようにして眺めた。それを舛城に差しだしていった。「あなたの千円札。いいわね?手にとってよく調べてちょうだい」

舛城はいわれるままに札を手にしたが、妙な申し出を訝しく思った。いま自分が取りだした札なのだ、調べるもなにも、あやしいところなどあるはずもないだろう。

そう思いながら札を眺めていると、マリがなにかを手にとって口のなかにいれた。その動作を視界の隅にとらえた。

どうやら舛城に札を調べさせているあいだに、手品のタネを仕込んだらしい。舛城は気づかないふりをして札を返した。「べつに、あやしいところはないですな」

マリは黙って札を受け取ると、それを自分の顔の前でくしゃくしゃに丸めた。それからゆっくりと手を放した。紙くずのように丸まった千円札が、空中に静止している。おう。吉賀が声をあげて拍手した。なんともしらじらしい反応だった。マジック用品店の店長が、タネを知らないはずもあるまい。

初めて見る手品だったが、舛城はまったく驚きを感じなかった。千円札は宙に浮いているというより、小刻みにぶるぶると震え、いかにも糸に吊られているといわんばかりだった。

マリはタバコを持った手を千円札の周りで動かし、札を吊っている糸が存在しないことをしめす素振りをみせたが、舛城の目にはかえってタネが判別できるようになってしまった。

背筋をぴんと伸ばし、口をつぐんだまま、手だけをしきりに振りまわす。さっきなにかを口に入れたことから察するに、彼女の前方一メートルぐらいのどこかに結わえてある糸の、もう一方の端を口でくわえているとみて間違いないだろう。すなわち、上から吊っているのではなく物干し竿の紐のように水平に渡してある糸に、千円札を丸めて絡みつけたのだ。

タネが知れると、これほど馬鹿げた見世物はありえなかった。マリが無言でいるのは、くわえた糸を放さないためだろう。ひょっとこのような顔をして糸を口にくわえたまま、両手を振りまわす。尊敬や賞賛に値する芸とはとても思えなかった。

ひとしきり浮遊術をみせたあと、マリは千円札をつまみとって舛城に渡した。舛城は丸まったままの札を手にとった。糸は断ち切られたのだろう、それらしきものは札に付着してはいなかった。

マリは満足そうな笑みを浮かべ、舛城の拍手を受けるのを待っている。その常軌を逸した態度に舛城は啞然としていた。

人の千円札をゴミのように丸めておいて、マジックをみせてあげたのだから充分でしょうとばかりに突き返して終わりとは、なんとも不愉快な芸ではないか。きょうび、ファーストフード店でも折り目のない新札を釣りに出してくれるというのに。

「すばらしいマジックですね」舛城は冷めきった気分でいった。

「どうも」マリはにっこりと笑った。舛城を挑発したわけではなさそうだった。いまの自分の行為が失礼だったとは、露ほどにも思っていないようすだった。

「出光マリさん」舛城は咳ばらいした。「これはこれで素晴らしいマジックだったと思いますが、私が知りたいのはカネが倍に増えるやつでね。マジック・プロムナードの留守番をしている店員にきいたら、プロのあなたや店長さんに聞けばわかるといってた。だから聞きにきたんですよ」

「さあ。それはね。内緒よ。マジシャンはタネを明かさないんです」

「タネを教えてくれとはいいません。なんなら、見せてくれるだけでいい。カネを倍に増やしてみせてくれれば、それで充分」

マリは困惑した顔でなにかをいおうとしたが、吉賀が先に口をきいた。「来週のテレビを観てください。それでわかりますよ」

「テレビ?」舛城はきいた。「どういうことです。なんの番組ですか。放映時間は?」

そのとき、舞台のほうから拍手と声援がきこえてきた。

振りかえると、さっきの蝶ネクタイの男がやってきた。身内の観客相手だというのに、それなりの満足は得られたらしい。紅潮した顔でマリの前に駆けてくると、ぺこりとおじぎをした。

「お疲れさまでした」マリはタバコを灰皿に押しつけ、腰を浮かせた。「さあ。もう出番ね」

舛城はわきにどいた。ショーとしての体裁などかけらも見当たらない公演であっても、彼女たちの仕事を遮る権限はない。

「あのう、マリさん」ふいに沙希が駆け寄っていった。大学ノートと、丸まった女性もののストッキングを手にしている。「これ。セットアップもできてます」

マリは怪訝そうに沙希の手もとを見やった。「ああ、それ？　まだ採用するとは、いってなかったはずだけど」

「でも、ぜひお試しに……」

「今度にするわ。あんな複雑なセットアップじゃ演技の前に、糸が切れちゃうことだってありうるし」

「お願いします。糸が切れたら、これですぐに補修できますし……」

マリの顔がこわばった。

「この馬鹿！」マリは沙希の手にしたノートをはたき落とした。「そんなもの、ここに持ってこないで。お客様がいるのよ、トリックのタネをばらしてどうするの！　だいたい、こんなに複雑に糸を絡ませるやり方、うまくいくわけないじゃない！　演技の最中に糸が切れたら、恥をかくのはわたしなのよ！　何もわからない素人が勝手な妄想を押しつけないで！」

どうやらマリは、さっき舛城に見せた浮遊術のタネがストッキングの糸であることをばらされ、頭に血が上ったらしかった。

沙希はうなだれて、マリの説教に耐えていた。吉賀も蝶ネクタイの男も、仲裁に入るようすはない。

舛城は沙希に助け舟を出すべく、口をさしはさんだ。「出光マリさん。じつは、もうひとつだけ聞きたいことが」

マリは苛立ちもあらわに振りかえった。「なんですか」

「私は外国の、街灯もなければ民家の明かりもない曲がりくねった道を、ヘッドライトもつけずに時速百キロでクルマでかっ飛ばしたことがあるんです。けれども、まったく危なげなく走りぬけました。なぜだかわかりますか」

マリは眉間に皺を寄せたが、やがて微笑をうかべた。「それで速度違反にならなかったってことは、ドイツのアウトバーンね？　ベンツかＢＭＷにお乗りだったんでしょう？　わたしも持ってますのよ、ベンツもＢＭＷも両方」

「へえ」内心呆れかえりながら、舛城はきいた。「車種は？　Ｓ６００とかですか」

「そうそう、Ｓ６００とか」

「ぜひ拝見したいですな」

「日本じゃなくて、海外の別邸に置いてありますのよ。ヨーロッパで公演するときには、いつも移動に使ってるんです」

「ふうん。走りごこちはどうですか」

「すごくいいわよ。静かで揺れも感じなくて。百キロで走っていても、停まっているみたい」

吉賀が腕時計に目を走らせながら、マリをうながした。「そろそろ……」

「そうね。じゃ刑事さん。また」マリは軽く頭をさげ、吉賀とともに舞台に歩き去っていった。

拍手と声援がきこえる。いっこうに客の数は増えていないらしい。それでも、上機嫌なマリの声が響いてくる。こんばんは、出光マリです。

蝶ネクタイの男が駆けだしていった。いままでは出演者、今度は観客。忙しい男だった。

舛城はげんなりとした気分で立ちつくした。なにがS600だ。あえていうなら嘘八百だろう。

どこの世界に、静粛で揺れのないドイツ車があるというのだろう。それを高級車の絶対条件とみなすのは日本車ぐらいだ。

口先だけのはったりと法螺話。むろん、アメリカ公演の依頼があったなどというのも大嘘だろう。

マジシャンはマジックの口上で嘘をついても許されるのかもしれないが、出光マリという女をみるかぎり、それが悪癖となって定着し、舞台を離れても法螺をふくのが常識化しているようだった。

連中にも職業病があるってことか。それとも、出光マリに限られたことだろうか。

舛城は、足もとに転がったストッキングの塊に気づいた。それを拾いあげてみる。古くなった女性用ストッキングを破って、糸を引きだしてある。風になびくその糸は、目を凝らして見ない限り判らないほど極細だった。髪の毛どころか産毛ほどの太さもない。本来は、この糸を何本も編み合わせて、いくらか太めの糸にし、さらにそれでストッキングを編みあげる。だがマジックでは、最小単位の一本の糸のみが用いられているのだ。こんなに切れやすく、見えづらい物体を扱うにはひどく神経をすり減らすにちがいない。並大抵の注意力ではできない仕事だ。

舛城は沙希にストッキングの塊を差しだした。

沙希はそれを受けとると、小さな声でつぶやいた。「ありがとう」

「どういたしまして」そういいながら、舛城は床におちた大学ノートを見た。

鉛筆で手描きされた図面には、縦横に線がびっしりと描きこんである。帆船のマストを支える無数のロープを連想させた。図面のわきには表題が書かれていた。新・浮遊術ver・3。2008年2月8日、里見沙希（さとみさき）。

里見沙希、それがこの少女のフルネームか。

舛城はノートを拾いながらいった。「なるほど、これじゃ出光マリが苦言を呈するのもむりはないな。ストッキングの糸をこんなに細々と絡めるなんて、正気の沙汰じゃないぜ。蜘蛛もこの図面を見たら、お手上げだっていうだろうよ」

沙希はにこりともしなかった。ストッキングの塊を抱えて立ちあがると、ぼそりといった。「夜じゃなくて昼だったんでしょ」

「なに?」

「さっきマリさんに聞いてた質問」沙希は舛城からノートを受けとった。「街灯も民家の明かりもない道を、ヘッドライトをつけずに走った。でも夜だなんてひとこともいってない」

舛城は息を呑んだ。マジック業界における、初めての正解者だ。

「じゃあ、これはどうだ。大物音楽プロデューサーと新人アイドル歌手が子供をつくった。だがアイドル歌手の男性ファンはまったくショックを受けなかった。どうしてだと思う」

ふん。沙希が軽く鼻を鳴らしたのが、舛城の耳にもかすかに届いた。

沙希は振り向きもせず、机の上でなにか作業をしながらいった。「音楽プロデューサーが女で、アイドル歌手が男だったから」

「助かった! やっと話のわかる相手がみつかった」

沙希が振りかえった。どういうことなのか目でたずねている。この少女、童顔に似合わず大人びたしぐさをする。

舛城は笑いかけた。「いや、トリックの専門家のはずのマジシャンが、なぜこんな簡単な引っ掛け問題に答えられないのか、それが気になってね。いつも取調室で詐欺師にこの質問をぶつけてみると、連中はまず即答する。ところがマジシャンはしどろもどろだ」

沙希は興味なさげに机の上に目を戻した。「マジシャンは、詐欺師じゃないから」

「それはそうだが……」

「マジシャンがトリックを知り尽くしているなんて、そんなことはないの。売ってるタネを買ってるだけだから。それ以外のことなんて、わからない」

「ああ。たしかにそうみたいだな」

しばらくのあいだ、沙希は机に置いた二本のビール瓶のあいだでしきりに手を動かした。机の上にはほかに、一個の消しゴムがあるだけだ。

舛城はきいた。「さっきから、なにをやってるんだ？」

沙希はため息をつくと、ポケットからティッシュの袋を取りだした。一枚のティッシュペーパーを机の上で丸める。それを右のてのひらに乗せ、左手は消しゴムをつかむ。その消しゴムを、床に放りだした。

消しゴムは意外にも、ゆっくりと机のわきを滑り落ちるように降下していった。だが、マジックの本舞台はそちらではなかった。

沙希のてのひらから飛び上がったティッシュペーパーの塊は、まずまっすぐ上方に飛び、そこから右方向へ水平に移動した。右のビール瓶の周囲をくるくると飛びまわったあと、机の表面に斜めに降下していき、さらに上へと浮かびあがった。

ティッシュの塊が、二本のビール瓶のあいだを自由自在に飛びまわっている。

いや、自由自在ではない。舛城は戦慄(せんりつ)した。すべての動作の動力源は、机から床へと降下していく消しゴムだ。

タネは、恐ろしく長い一本の極細の糸だった。その一端は消しゴムに結わえてある。糸は二本のビール瓶と机に複雑に絡めてあるが、消しゴムの落下に伴って糸が引かれると、しだいにほぐれていきティッシュペーパーを宙に振りまわす仕掛けだ。

重力と遠心力、それにどうやら、パンストの糸にはわずかながらゴムのように伸縮する弾力があるらしい。それらを巧みに組み合わせ、ティッシュの塊を縦横に飛びまわらせている。

どのように糸が通されているか、一見しただけではまるでわからない。糸が絡みついてしまったらすべて終わりだ。おそらく、ミリ単位の正確さでセットアップがなされているにちがいなかった。

沙希はまるで指揮者のように右手の人指し指を動かし、さも魔法の力でティッシュペーパーを飛ばしているようなジェスチャーに興じていた。

笑みはない。が、自分のつくりあげたトリックを見守るその横顔は、うっとりと幻想に浸りながらも、我が子を見つめる母親のような優しさに満ち溢れていた。

その動作はふしぎな錯覚を醸しだしていた。タネが割れているというのに、沙希の魔力がティッシュを飛ばしているように見えてくる。

誰がやっても、こんなふうに見えるだろうか。いや、そうではあるまい。舛城は考えた。この少女だからこそそう見えるのだ。里見沙希のなかに、魔法の存在を信じさせるなにかがある。

やがて消しゴムが床に着地すると同時に、ティッシュペーパーの塊はぴょんと跳ねて沙希の手のなかにおさまった。

舛城は手を叩いた。「すばらしいじゃないか。こんなみごとなトリックは見たことない。自分で考えたのか？」

沙希はようやく微笑を浮かべた。「〝見えない糸〟を使った手品は古くからあるけど、糸が見えないってだけじゃ魔法に思えないから……」

「そりゃそうだ。さっきの出光マリのマジックじゃ、とても驚けないもんな。でも、彼女のいうことにも一理ある。こりゃ準備に手間がかかりすぎるよ。うっかりすると、すぐ切れちまいそうだし……」

ふいに沙希の顔から笑いが消えた。「いいじゃない。準備にどれだけ手間がかかっても、ふしぎなマジックをみせられるなら」

「沙希」吉賀の声がした。「出光マリさんのステージなんだぞ、客席にいろといってるだろうが」

「すみません、いまいきます」沙希はそういって駆けだした。

舛城はしばし立ちつくし、沙希の背を見送った。

ふしぎな存在感をまとった少女だった。まるで魔法使いの少女だ。

出光マリの声と、内輪で盛りあがる観客の笑い声が響いてくる。舛城は歩きだした。浅岸はいまごろどうしているだろう。うまくやっているだろうか。

劇場

浅岸は、中野坂上交差点から少し離れた住宅地の路上にクルマを停めた。

ほかにもずいぶん多くのクルマが路上駐車している。それらの車両から降り立った人々が、公民館ふうの建物に向かっていく。

見覚えのある顔が何人かいた。本庁で取り調べを受けた参考人だろう。誰もが、スポーツバッグや旅行用カバンを抱えている。あのなかには、札束がぎっしりおさまっているにちがいない。

〝魔法使い〟の地道な布教活動が実を結んで、ここに大金が集まりつつある。いよいよ大規模集団詐欺事件の幕開けだ。

浅岸はドアを開け、車外に出た。

建物に近づいてみると、看板には〝区民センター〟とある。自由に会場を借りることができる、いわば区が運用するフリーの催し物会場だった。

これだけ堂々と客を集めているのだ、なんらかの名目で会場を予約してあったにちがいない。

玄関のわきには、見知らぬ若い男がスーツ姿で立っていた。警備かと思ったが、来客たちのボディチェックをおこなうでもなく、ただ仏頂面で頭をさげて迎えいれるだけだった。その来客たちのほうも会釈をかえし、玄関で靴を脱いでビニール袋におさめ、会場に入っていく。

浅岸は玄関のすぐ近くまで接近した。スーツの男が警戒するようすはなかった。まるで通夜の会場のように、照明の灯った内部はすっかり見通すことができた。体育館のような板張りの会場には、パイプ椅子が並べられ、すでに数十人が腰をおろしている。その奥で、何人かの若い男たちが来客からカバンのなかの札束を受け取っている。男たちが、正面の壇上に札を積む。

驚いたことに、すでに札束の山は天井に達しそうになっていた。

浅岸は息を呑んだ。銀行の金庫室、いやそれ以上ある。にも拘わらず、ガードマンらしき人間をひとりとして配置せず、堂々と人目にさらしている。

なんと無用心なのだろう。

立ち働いている若い男のうちひとりは、見覚えのある人物だった。防犯カメラに映っていた〝田中〟だ。

〝田中〟は、来客のひとりから、一千万円ほどもある札束を受け取ると、それを無造作に壇上に運んで山に加えた。表情には、愛想のかけらもなかった。

浅岸は、ぶらりと玄関を遠ざかった。

こちらを監視する目がないことを確かめてから、距離を置いてたたずむ。

携帯電話を取りだして、舛城の番号にかけた。

だが、女性の合成音声が応じるだけだった。「留守番電話センターに接続します」

発信音を耳にすると、浅岸は早口にいった。「浅岸です。中野坂上の区民センターにいます。大金が集まっていて、例の〝田中〟もいます。張り込みをつづけます」

夜逃げのようないでたちの年配の男女が、大金をおさめたカバンを抱え、吸いこまれるように区民センターの玄関に消えていく。

常識で考えれば、そのカネが倍になるどころか、無事に持って帰ることさえ疑わしいと訝(いぶか)るはずだ。

ところがこの連中は、もはやそんな疑いを持たない。カネが倍に増える、その説明のつかない現象を半信半疑ながら受けいれるうちに、もはや抵抗のすべを失ってしまったようだった。

甘い蜜の匂いがすれば、どこへでも引き寄せられていく。踏みとどまる者は、もはや誰もいない。

舛城は控室を出ると、舞台の袖から劇場の客席に戻った。

あいかわらず観客はマジック・プロムナードの常連とおぼしき七、八人の男たちだけだった。さっきの派手な蝶ネクタイの出演者も、彼らの列に加わっている。

出光マリは舞台上で喋りながら小道具のマジックを演じていた。

驚いたことに、マリの手にしているのはリンキングリング、それもデパートのマジック用品売り場でみた直径十センチぐらいの小さなものだった。四本のリングをつないだりはずしたりするマリに、観客は惜しみのない拍手を送っている。

妙な按配だと舛城は思った。マニアックな知識を有する連中が、あんな初歩的なマジックを喜ぶのだろうか。

舛城は客席の後方にひとり座っている里見沙希のほうに歩いていった。

壁にもたれかかるようにして立つ吉賀欣也が舛城を視線で威嚇してきた。が、舛城がにらみかえすと、吉賀は視線を逸らした。

沙希の隣りに腰を下ろすと、さっきまであきらかに退屈そうにしていた沙希が、姿勢を正して舞台に見いりだした。

出光マリの演目に関心があるわけではなかろう。話しかけようとする舛城の要求を拒む沈黙、それ以外のなにものでもない。

冷たい少女だ。いや、少女だからこそこういう態度をとるのだろう。特に嫌われているというわけでもあるまい。確証はないが、舛城はそう思うことにした。

舞台の上のマリが、こちらに視線を向けた。沙希の隣りに舛城が座っていることに、かすかな驚きの色を浮かべたように見える。苛立ちと軽蔑が入り混じったような、複雑な目つきが舛城に突き刺さる。

だが、それも舛城の思いすごしかもしれなかった。マリは口も手も休めることなくマジックを演じつづけていた。ときおり冗談を口にすると、観客の男たちが大げさに笑いころげる。マリはそんな彼らの反応にも気をよくしたようすで、しだいに台詞も手の動きもなめらかさを増していった。

蝶ネクタイの男の演技よりはプロを感じさせるものの、マリの手品はやはりどこか古めかしかった。

舛城はふいに、この公演の全貌を悟った気がした。観客のためではない、出光マリのためにこの公演は存在しているのだ。客が入らないこともわかっている、費用もかけられないから只同然の会場を借り、地明かりの照明で済ます。それでも出光マリがプロであると自認するためには、ショーをおこなわざるをえないのだろう。どこからも声がかからなければ、自分で幕を開ける。たとえ観客がいなくとも。ひょっとしたらテレビ局の人間が関心を持ってやってくるかもしれない、そのわずかな可能性に希望と期待を懸けながら。

しかし、そのわずかな可能性が現実のものとなったとしても、マリの演技に魅了されるような業界関係者は皆無だろう。舛城はそう思った。驚いたことにマリは、ひとしきりリンキングリングを演じたあと、そのタネをみずからばらしはじめた。切れ目のあるリングのタネだけではない、最初からつながっているリングをさもつないだようにみせる方法など、商品の説明書にある手順を事細かに暴露しはじめたのだ。

「それで、こんなふうにつながってみえるわけです」マリはにっこり笑った。「簡単でしょう? こんなものでひっかかる人、いまどきいるのかしら」

耳ざわりな笑い声が沸き起こる。

舛城は呆れかえってため息もでなかった。マリの演出意図はどこにあるのだろう。

そう思っていると、マリがリングをテーブルに置き、代わりにあの十八万円の大きなリング数本を取りだした。

「でもわたしはマジシャンですから」とマリはいった。「みなさんに驚いて帰ってもらわなければなりません。この正真正銘、切れ目のないリングで、本物の奇跡をご覧に入れましょう」

舛城は絶句した。マリがあらためてつなげたリングに切れ目がないことをしつこく示しているあいだ、ただ呆気(あっけ)にとられていた。

「こりゃひどい演出だな」舛城は沙希に耳うちした。「本物の奇跡？　千八百円のタネはばらして、十八万で買ったマジックを自慢げに披露する、そんなのがプロの仕事かよ」

沙希は表情を変えなかった。焦点の合わない目で、舞台を眺めながらつぶやいた。「最近はああいうのが流行(はや)りなの。タネをばらすやり方が」

「プロとは思えんね」舛城はわざと苦々しくいった。マリを共通の敵に仕立てあげれば、沙希は自分を仲間と見なすかもしれない。「観客の喜びに冷水を浴びせるようなものじゃないか」

沙希の冷ややかな目が舛城をとらえた。「喜んでいる人なんているの？　マジックを見て」

舛城は思わず口ごもった。「それは、さあ、人それぞれだからな」

「ちかごろは、タネ明かしを好む人が多いの。マジックを見せられるだけだと、馬鹿にされたと思うみたい」

「ふうん……。そういうものかな」

軽快にして古風な音楽が流れるなか、マリが手にした大きな筒から、色とりどりの造花やハンカチーフをとりだしている。

造花は小さく畳まれていたのが一目瞭然のように、どれも開きぐあいがまばらで、なかには曲がっているものもあった。布のたぐいも、折り目や皺がくっきりと浮かびあがっている。華やかさとは無縁の、むしろ涙を誘うような演目だった。

舛城は沙希に告げた。「たしかに、あんなやり方じゃ怒る人のほうが多いだろうよ。人を見下したような態度が演技にかいま見えるから、観客はタネがわからないと腹を立てることになる」

「なに？」

沙希がささやくようにいった。「日本人は、マジックの楽しみ方をしらないから」

「マリさんがいつもいってるの。日本人はマジックの楽しみ方を知らない、だまされる喜びを知らないって。だからアメリカみたいにマジシャンが尊敬されないんだって」

「それはちがうな。だまされる喜びなんてないぜ？」

「……そうなんですか？」

「ああ。トリックにひっかかるのを楽しむ大人なんていない。きみもいずれ経験するだろうが、自動車教習所ではそのことでさんざん罵られるんだ。信号にばかり気をとられるな、歩道を見ろ、対向車を見ろ、ミラーを見ろ。違う方向を見るなってね。電話が鳴ったら振り込め詐欺かもしれないと警戒し、マイホームを買うにも欠陥住宅を疑い、知人が声をかけてきても寸借詐欺の可能性を考える。そこまで防衛してても金品を騙し取られちまった挙句、区役所の弁護士無料相談窓口で聞かれるんだ。なんで気づかなかったんですか、ってな」

沙希は笑顔を浮かべた。「刑事さんのお話は、面白いです。なんか、ほかの人とちがってて、わかりやすい」

刑事。沙希はそういった。油断ならない子だと舛城は思った。部屋の隅でモップ掃除をしていながら、舛城とマリの会話には聞き耳を立てていたのだろう。

「ま、そういうことだ」舛城はつぶやいた。「騙されるな、って常に自分に言い聞かせている大人たちだ。ぴりぴりしてて、マジックを楽しむ余裕がないんだよ」

「じゃあ、どうしたら大人を怒らせずに、マジックが見せられますか」

「そうだな」と舛城は五百円硬貨を取りだし、沙希に渡した。「〝バニッシュ〟やってみな。俺でよければアドバイスしてやるよ」

沙希は目を丸くしていたが、すぐにその硬貨を右手に握りこんだ。ふっと息をふきかけ、右手を開く。硬貨は消えていた。

舛城は凍りついた。沙希の手つきを拝見しようと身構えているうちに、すべては終わっていた。

沙希は照れたような笑いを浮かべ、左手の中指の付け根に隠し持っていた五百円玉を舛城にかえした。「手が小さいから、フィンガーパーム、うまくできなくて」

パーム。なるほど、隠し持つことをパームというのか。舛城は思った。野球のパームボールとおなじ語源だろう。指で隠し持つからフィンガーパームと呼ぶにちがいない。

「どうですか？」沙希がきいた。

舛城はまだ唖然としていた。

マジック・プロムナードの店員がみせた技術にも、それなりに驚きを感じたものだったが、沙希の〝バニッシュ〟はまるでレベルがちがっていた。

これ見よがしな動作はいっさいない。あまりにも自然な素振りと、なにより沙希がまとっている十代の少女としての自然な雰囲気が、トリックの存在を忘れさせている。沙希が気にするフィンガーパームも、五百円玉が細い指の隙間からみえていたにもかかわらず、左手に隠し持たれているとは舛城は疑いもしなかった。

流れるような視線の動き、手の動き。すべてが完璧だった。たんなるトリックではなく、指先の芸術にほかならなかった。

「ああ」舛城はまだ驚きが醒めやらぬままつぶやいた。「すばらしいよ」

「アドバイスは？」

舛城は困惑して、舞台に目を戻した。

出光マリはテーブルを片付けると、舞台に二脚の椅子を運びこんでいた。

アシスタントがいないから自分でやるの。マリが冗談めかせていうと、観客がけたたましい笑い声をあげる。

なぜ沙希をアシスタントに使わないのだろうか、舛城はぼんやりと疑問に思った。

だが、舛城の思考のほとんどは、捜査について思案することに費やされていた。

この里見沙希という少女はプロマジシャン志望にちがいない。才能があることもたしかだ。しかし、俺は出演者のスカウトにやってきたプロモーターではない。沙希に関心をしめしたのは、マジックの腕前に対してではない、その大人びた感性ゆえに、話を聞きだすには好都合と感じたからだった。

舛城は懐から写真を取りだした。防犯カメラに映っていた〝魔法使い〟の写真だった。

「きみにアドバイスする前に、ぜひとも聞いておきたいことがあるんだ」

沙希は写真に視線を落とした。その瞬間、表情に微妙な変化があった。「西谷さん

「……？」

「西谷？」舛城は身を乗りだした。「きみはこの写真の男を知ってるのか。この男は、西谷っていうんだな。そうだな」

しかし、沙希は沈黙をかえしてきた。顔をあげ、哀しげな視線を舛城に向けてきた。

それがなにを意味するのか、舛城にはわからなかった。その心を推察する間もなく、また沙希は無表情に戻り、静かに舞台に見いった。

舛城は自分の失態に気づいた。質問に入るのが早すぎたか。舛城がマジックに関心を持っていないことがわかったせいで、沙希は心を閉ざしたにちがいなかった。

「すまない。だが、俺には時間がないんだ。どうか答えてくれ。この男は誰なんだ。どこにいる？」

そのとき、いきなり「はあい」と声をあげて、観客席の男たちが手をあげた。舛城は驚いて周囲を見まわした。

だが、男たちは舛城の言葉に反応したわけではなかった。出光マリがしきりに呼びかけている。「ほかに、このマジックに参加されたい方。どなたかいらっしゃいませんか」

そのていねいな言葉づかいとは裏腹に、マリの苛立(いらだ)ちのこもった視線が沙希のほうに向けられていた。沙希はあわてたようすで手をあげた。

マリはにっこりと笑った。表情筋の伸縮だけでむりやりこしらえた笑顔のようだった。

「ああ、それではそちらのお嬢さん。舞台にお上がり下さい」

沙希は立ちあがった。その横顔に困惑のいろはなかった。舛城に目を向けることもなく、ただ舞台へと歩み寄っていった。

舛城はいらいらした。マリが沙希をアシスタントに使っていない理由が、これでわかった。こんな身内ばかりの客席にサクラをまぜておいて、なんになるというのだろう。

ふと、壁ぎわの吉賀に目をやった。すると、吉賀はいつの間にか現れた男としきりに話しこんでいた。

四十代半ばの痩せた男で、眼鏡をかけていた。短く刈り上げた髪をていねいに七三にわけている。ずぼらなマジック・プロムナードの関係者とは一線を画する身だしなみだった。

そして、どこかで見覚えがある。舛城はそう思った。

男がこちらを向いた。その顔に、驚きのいろがひろがった。

つかつかと舛城に歩み寄ってくると、男のいかめしい顔がほころんで、ふいに笑顔が浮かんだ。「舛城さん。おひさしぶりです」

深く澄みきった低い声。たしかに聞き覚えがある。だが誰だったか。

自分の鈍い思考に苛立ちながら、舛城は男にきいた。「たしかどこかで……」

「飯倉（いいくら）ですよ」男は隣りの席に座った。「お忘れですか」

舛城のなかに衝撃が走った。

飯倉義信（よしのぶ）か。以前に挙げた男だ。

「どうしたんだ」舛城は笑いかえした。「こんなところで会うなんてな。そんな真面目な恰好（かっこう）してるから、わからなかったぜ」

そのとき、妙な空気が辺りを包んだ。

舞台上のマリと沙希、それに客席の男たちの視線がいっせいに舛城に向けられている。しまった。思わず大声をあげてしまったせいだ。

舛城は頭をかいた。「すまねえ。俺にかまわずつづけてくれ」

飯倉がぽんと舛城の肩を叩（たた）いた。「出ましょう。下の階が私のオフィスですから」

「おまえの？」

「ええ」飯倉は腰を浮かせた。「このビルの所有者は私です。数年前からね」

意外なところに現れた意外な男。果たしてこれは偶然だろうか。俺は飯倉の十年前の姿しか知らない。いまはなにを生業（なりわい）にしているのか、皆目見当もつかない。

舛城は席を立ち、飯倉のあとにつづいていった。吉賀がエレベーターの扉を開けて待っている。飯倉が乗りこんだとき、出光マリの声が舛城の耳に入った。

「では、お嬢さんを眠らせます。はい」

出光マリがぱちんと指をはじくと、椅子に座った沙希がこくりとうな垂れて眠りにおちた。そういう素振りをした。さらにマリが両手で〝気〟のようなパワーを送ると、沙希の身体はゆっくりと椅子から離れて宙に浮きあがっていった。

なにかに吊られていることはたしかだろう。さすがにストッキングの糸ではあるまい。もっと丈夫なワイヤーを使っているにちがいない。

マリの演技は評価に値しないが、沙希の身のこなしには目を見張るものがあった。身体をまっすぐにしたまま、自然に浮きあがっているようにみえる。どこに支点があるのかわからないが、あの姿勢をとりつづけるのは苦痛にちがいない。にもかかわらず、沙希は安らかな寝顔を浮かべつづけている。

舛城は立ちどまり、そのようすを眺めていた。

「どうかしましたか」飯倉がエレベーターのなかからきいた。

いや、なんでもない。舛城はエレベーターに乗りこんだ。

あどけない寝顔のまま、空中で催眠にかかったふりをして両手をはばたかせる沙希の姿を、閉じていく扉の向こうにじっと見守った。

過去

舛城はエレベーターを降りた。

六階の廊下は、銀座の古ビルであることを忘れさせるような、汚れひとつない内装に包まれていた。壁に均等に配置されたモダンなデザインの間接照明が、まるでインテリジェントビルのような優雅さをかもしだしている。

だが、よくみると壁紙はあちこち浮きあがっているうえに、一見フローリングにみえる床も、見せかけのフロアマットを敷き詰めているだけだとわかった。目に触れるところだけ綺麗(きれい)にしたのだろう。壁のなかの配線や配管はさびついている可能性がある。

「張子の虎だな」舛城は歩きながら苦言を呈した。「無理をして銀座にこんな古めかしいビルを買うより、近郊に新築のビルを建てたほうがよほど資産価値があるだろうに」

飯倉は笑った。「舛城さんも同世代だからわかるでしょう? 働きざかりにバブルの蜜(みつ)の匂いをかいだ私たちからすると、銀座にビルを持つというのはひとつの理想像でね。まあ六本木でもよかったんだが、大江戸線が通って街の雰囲気がずいぶん変わってしまったからな。名刺に刷りこむオフィスの住所は、やっぱり銀座じゃないと恰好がつかんでしょう」

「すると、このビルをなにかビジネスの拠点にしているのか」

吉賀が扉を開けると、飯倉が室内に入っていった。舛城はそれにつづいた。

室内は、オーナー専用の執務室として古典的ともいえる家具の配置がなされていた。ブラインドに覆われた窓を背に、どうやって運びこんだのだろうと思えるほど巨大なデスクが部屋の中央に据え置かれている。デスクを彩るさまざまな調度品、黒革張りの椅子、それらと同一の質感を誇るキャビネット。デスクの前には、これまた革張りのソファとガラステーブルからなる応接セットがあった。

「わかりやすいものが好きなんだな」舛城はソファに腰をおろしながらいった。「最近じゃ組の事務所でも、もうちょっと洒落(しゃれ)たインテリアを心がけてるもんだ」

飯倉は気分を害したようすもなく、デスクにもたれかかって腕を組んだ。「うちは堅気ですよ。いまはね」

「堅気か」舛城は吉賀を横目でにらみながらいった。「だといいんだがな」

吉賀だけを凝視しているわけではなかった。長年の経験から、室内に存在するかもしれない手がかりを求めて視線がさまよった。壁に掛けられたレターボックスに、航空券がおさまっているのが目に入る。色からすると国内便のようだ。一枚だけということは、私用か、仕事か。いずれにせよ、飯倉の現在のテリトリーは東京だけではないのだろう。

「舛城さん」飯倉がきいてきた。「あの劇場に、なにか気になることでも？」

「ああ。里見沙希って女の子、いまいくつかね？」

吉賀がぼそぼそといった。「中学三年で、十五です」

「ほう」舛城は腕時計に目を走らせた。「午後十時をまわってるな。十五歳なら労働者として雇われる権利はあるが、この時間に働かせるのは労働基準法第六十一条に違反してるだろう」

「違反？」飯倉が戸惑いがちに吉賀にきいた。「ほんとかそれは？」

「そのう……。出光マリさんの舞台にあがって、空中に浮かんでましたから……。こちらの刑事さんのご判断では、あれは労働の可能性があると……」

「しらばっくれるな」舛城はすかさずいった。「挙手で舞台にあがっただけの一般客だといいたいのか？　直前まで楽屋をモップで拭いてた子だぞ。サクラ以外の何物でもないだろう。どんな名目だろうが、営利を目的とする行為で雇用した以上は法に抵触するんだよ」

「吉賀」飯倉がため息をついた。「沙希を呼んでこい」

「はあ」吉賀は気乗りしないようすでうなずくと、扉の外に駆けだしていった。

あからさまな上下関係だった。だが、飯倉も沙希のことを知っていたとなると、同罪の容疑者になりうる。

舛城は油断なくきいた。「あの吉賀ってのは社長兼店長じゃなかったのか。おまえにこきつかわれているように見えるが」

「皮肉はよしてくださいよ。有限会社ソーサリー・エージェンシーもマジック・プロムナードも、私が出資してやったんです」

「すると、事実上おまえがオーナーか。いつからだ」

「二年前から。あの吉賀って男が不渡りを出してね。マジシャンのプロダクションも専門店も倒産の憂き目にあった。銀行の出資もあてにならないからと泣きついてきたんで、私がカネをだしてやったんです」

「おまえが、売れないマジシャンの巣窟を助けたわけか」舛城は苦笑してみせた。「どうにもわからねえな。いや、まるでわからねえ」

「なにがですか」

「十年ぶりに再会したばかりだ、俺の記憶もこのビルの配管と同じくさびついてる。思いだすにも骨折れる。おまえの人となりについてだが、違ってたらいってくれ。まず生い立ちだが、おまえの親は香川県の農家で養豚業を営んでいた。父親が亡くなったせいもあって二十代で跡を継いだ。ところがおまえは仕事をすっぽかして、上京して遊び放題。すぐに少ない財産を食いつぶし、文無しになった」

「よく覚えてますね」飯倉はすまし顔でつぶやいた。「泥まみれになるような仕事は好かなかったんでね」

「だから三十代に入って、よりスマートな職種でひと旗あげようと奔走した。電気工事の会社やら内装の会社やらいろいろ立ち上げたな。商売の才覚はあるからうまくいくことも多かったのに、また遊んで散財しちまう。そんなことのくりかえしだったはずだ」

「バブル絶頂期でした」飯倉は懐からハイライトを取りだし、一本を口にくわえて火をつけた。「誰でもああなる」

「そうかな。規模がちがうだろうが。二億円もの借金をつくって親戚一同から縁を切られたうえに、嫁さんにも逃げられた。子供がいなかったのだけはさいわいだな」

「おかげで目が醒めましたよ。本気で働いて借金を返済しようという気になりましたから」

「そう。みごとに返済したたな。だがおまえがやったのはペーパー商法に類する詐欺行為だった」

「あの当時は同様の業者も多くいた」

「だから悪くないってのか。警察の投げた石にたまたま当たったのが自分だった、そういいたいのか」

「舛城さん。私は罪をつぐなった。もうあの当時の私じゃありません」

舛城は黙って飯倉を見つめた。飯倉も、舛城を見かえした。

この男の目は、当時と変わっただろうか。舛城は自問自答した。わからない。十年もの歳月をはさんだ記憶の残像は、あのタイムラプスビデオの画像のようにおぼろげで、判然としなかった。

この男は変わった。そう信じることもできる。その逆もまたありうる。舛城には判断がつかなかった。年齢とともに培われると信じた他人を見る目も、さして信頼を寄せられないまま朽ちはじめているのかもしれない。

所轄時代、最後の一年だった。高利回りプラス元本保証を売りにした詐欺が全国で相次いだ。飯倉の主宰した〝かがわ共済〟はそのなかでも高い利益を挙げていた。

もはや飯倉に所有権のない実家の土地を切り売りするとみせかけ、『かがわ土地定期』と銘打った集金システムで約三千人から計九十六億円をだましとった、それが飯倉の容疑だった。

恐るべきことに、飯倉はたったひとりでこれだけのカネを集めていた。新宿区に借りた安アパートを拠点とし、ワープロでチラシをつくり、みずから住宅街をまわって主婦や老人から契約をとりつけていた。銀行や郵便局よりも有利で、株式と違って安全な土地取引。元本は保証する。そんな売り文句に、資産運用に疎い人々がだまされ、ひとり当たり数百万の出資金を飯倉に預ける形になった。むろん飯倉は、香川の土地にはまったく手をつけず、なんの投資もおこなっていなかった。すべては飯倉ひとりの個人収益だった。

舛城が逮捕した飯倉は裁判で有罪となったが、言い渡された刑期を満たすより早く出所するだろうとみられていて、事実そのとおりになった。飯倉側の弁護人が、被告はいずれ香川の土地を買い戻すつもりだったと主張したことと、飯倉本人が九十六億もの収益にほとんど手をつけず、被害者たちにほぼ全額が返されたことが刑の軽減につながった。

飯倉は裁判でも、深く反省していると答弁し、判決もそれを認め、あるていどの情状酌量がなされた。

舛城もひとまずはそれを信じた。だが、手放しで信じきってよいものかどうか、当時の舛城のなかで葛藤があった。そのことは、いまでもはっきりと覚えている。

飯倉は天才的な知能犯だった。〝かがわ土地定期〟はたんに土地を買う契約だけでなく、土地の預かり利息が一割つくと喧伝されていた。百万円を出資する客に対し「先取り利息を十万円支払わせていただく。したがって、あなたは九十万円で百万円ぶんの土地が買える」などと申し渡し、あたかも利息だけで九年で元がとれるうえに、百万円の価値のある土地が手に入ると錯覚させていた。

顧客心理を巧みに突き、錯覚によってカネを出させるというやり口。油断ならない相手。表層の穏やかさを鵜呑みになどできない。

よほど硬い顔をしていたのだろう、飯倉が沈黙を破って声をかけてきた。「どうしたんですか。ずっと黙りこんで」

「カネが倍に増えるという魔法を追ってきて、行き着いた先に飯倉義信がいた。俺がなにを疑ってるか、子供でもわかりそうなもんだ」

「カネが倍に？　そんな話がどこに？」

「むろん、ここにあると思ってきたんだがな」

飯倉はタバコを口に運ぶと、軽くむせた。苦笑したのかもしれない。漂う煙のなかで、飯倉はいった。「そんな話があるなら、あやかりたいですな」

「出所して何年も経たないうちに、銀座にビルを構えている実業家さんがそんなことをいうのか。不自然だな」

「誤解しないでください」飯倉は表情を硬くして、タバコを灰皿に押しつけた。「出所したとき、私の財布には十一万円があるだけだった。私はホームレス用に開放されている一泊五百円のデイリーアパートに寝泊まりしながら、必死で新しい商売を考えたんです」

「十一万でできる商売となると、限られてくると思うが」

「そうです。仕入れや卸しにカネのかかる商売には、とても参入できない。そこで、カネをかけずとも商品を揃えられる店をはじめたんです。『リフレ・チェーン』という名前で、リサイクルショップをね」

「リフレ・チェーンだって？　うちの近所にもあるぜ、用賀南店ってのが」

飯倉はふっと笑った。「フランチャイズでね、全国各地に看板がかかってる。小規模のリサイクルショップはあちこちにあったから、提携を申し出て、ひとつのグループに吸収していった。フランチャイズ店どうしで商品を交換したり流通させれば、より品揃えもよくなりますからね」

「それだけの展開ができたってことは、第一号店の業績がよかったってことだな」

「ええ、おかげさまでね。この手の商売で重要なのは、売ることよりも商品を揃えることでして。客から価格の一割で買いとって、販売価格は粗利が七十パーセントになるように設定して売る。これで儲けがでる」

ろう?」

「一般客の持ちこみ品を買い取るばかりじゃなくて、古物業者から買い叩いたりもするだ

「いや、原則的にしませんよ。仕入れ価格が二、三倍つくんでね。業者からの商品は、委託販売の受注に徹してます。衣類や電化製品の売り手から商品を預かって店頭に並べ、売れたら三割の委託手数料をとる。買い取りの仕入れのほうが利益は大きいけど、リスクも増すんでね。委託なら仕入れはタダです。売れ残っても在庫を抱える心配もない」

「それで」舛城はきいた。「いま、儲けはどれぐらいだ」

飯倉は澄ました顔で天井を見あげた。ぶつぶつと計算を口にしたあと、舛城に目を戻した。「年商七十億ってところです」

「それはフランチャイズを含めた全店の売り上げだな。経常利益は?」

即答するしぐさをみせたが、飯倉はふいに警戒心を働かせたかのように口をつぐんだ。にやりとして舛城を見た。「舛城さん。税務署に移ったわけじゃないんでしょう?」

「ああ、そうだな」舛城は質問を切り上げざるをえなかった。駆け引きの応酬のあと、沈黙だけが部屋に残った。

飯倉はやはり商売人として天才的なひらめきを持ちあわせていた。穿った見方をすれば、それは詐欺師としての才能を秘めた危険人物ということになる。法に抵触するか否かのち

がいだけでしかない。

いや、日本国内で一個人の才覚で年商七十億ともなれば、厳密にいえば商法のどこかにひっかかるぐらいのことは二、三しでかしているだろう。それが許容範囲におさまっているかどうか。捜査二課の刑事が目をつけるのはその一点だけだった。

「恵まれた商才だな」舛城はまっすぐに飯倉を見据えた。「感心するよ。だが、そんなおまえが、商売の第一原則に反しているのはどうしてかな」

「商売の第一原則？　いったいなんですか」

「儲からない商売には手をださない。合法だろうと非合法だろうと、うまく利益をあげている連中は例外なくその原則にしたがっている。ところがどうだ、そんなおまえがマジシャンのプロダクションにマジック用品店なんてな。儲かるどころかカネをドブに捨てるようなもんだ。理由を聞きたいね」

「吉賀のやつ、遅いな……。あの吉賀ってのは、商いがへたでね。というより、まるで向いてない。だから私のほうから、いくつかノウハウを提供しましたよ。マジックの専門店の品揃えというのは、仕入れは限りなく安く抑えることができる。それを徹底させた」

「一円玉をガスコンロであぶって三千円で売るとか、そういうことか」

「あれはほかのマジックショップでもやってることです。たとえば舛城さん、トリックデックって知ってますか。仕掛けのあるトランプのことだが、あれなんか業者から買いつけたトランプをいったんバラして、同じカード、たとえばスペードのエースばかりを二十六枚束ねて、ほかのカード二十六枚と交互にセットするだけで〝スベンガリデック〟というトリックデックの商品になる。トランプの一個あたりの原価は数百円なのに、組み合わせを変えただけで二千円で売ることができる。〝トラベリングデック〟にするためにラフ・アンド・スムーズの加工をするにしても、模型用の透明つや消しコーティング・スプレーを撒くだけでいい。一個あたりせいぜい十円か十五円……」

「飯倉。俺は奇術師じゃねえ。ゴルフのクラブ一式についてならともかく、マジック用のトランプがどれくらいの価値があるかはまるでわからねえ。が、そんなに需要があるとは思えねえな。事実、おまえの店はデパートなどの量販店に卸しているわけじゃねえんだ、いくら原価を安く抑えても、売り上げなんてたかが知れてるだろう。そして、経費がかかってないってことは、税金対策とも思えねえ。もういちどきく。なぜマジック業界なんかに手をだした？」

「舛城さん」扉を眺めたまま、飯倉はつぶやくようにいった。「一九九八年、八月二十一日。なんの日だか、覚えてますか」

正確なことはわからなかった。だが、飯倉の態度からおおよその見当はついた。「おまえを挙げた日か」

うなずいた飯倉の横顔は、ひどく老けこんで見えた。

俺と同世代の飯倉、当然俺のほうにも、同じだけの年輪がきざみこまれたのだろう、舛城はふとそう感じた。

飯倉はぼそりといった。「暑い日だった」

そう、たしかに暑かった。

夏の陽射しが照りつける代々木公園。アスファルトの道の果ては陽炎に揺らいでいた。せわしない蟬の声と、若者が奏でるエレキギターとドラムの音。思い起こすだけでも、汗が噴きだしてくるようだった。

舛城は朝から飯倉を尾行していた。逮捕状がでる前に逃げられる恐れがあった。同僚が合流するまで、飯倉から目を離さずにいること。それが、その日に舛城に与えられた命令のすべてだった。

飯倉はNHKホールにほど近いベンチに腰を下ろしていた。木陰になっていた。ずっとそこから動かなかった、そう記憶している。しだいに陽が位置を変え、木陰がベンチから遠のいた。それでも、飯倉は動こうとしなかった。

同僚が逮捕状を手にしてやってきた。舛城は彼らとともに、飯倉に近づいていった。捜査員の数は七、八人。そういえば、なぜか私服の女性警察官が一緒にいた。なぜ彼女は同行していたのだろう。思いだせない。

ベンチの飯倉が顔をあげた。まだ距離があったにもかかわらず、飯倉の視線がこちらを向いた。気づいていたのかもしれない。しかし、飯倉は逃亡する素振りをみせなかった。

「飯倉義信。われわれが誰か、なぜここに来たかわかっているな」と舛城は飯倉に告げた。

「はい」と飯倉は、つぶやくように応じた。

逮捕劇は、ただそれだけだった。脱いだスーツの下に手錠を隠し、並んで歩いた。腰縄もつけなかった。周囲の若者も、捕り物と気づいたようすはなかったように思う。

「ねえ、舛城さん」飯倉の言葉が、舛城を現実に引き戻した。静寂に包まれた銀座のビルの一室で、飯倉はたずねてきた。「あのとき一緒にいた女の子、覚えてますか」

女の子。

おぼろげに浮かびあがってきた記憶は、女性警察官に抱かれた四、五歳ぐらいの幼女の姿だった。

しばらくのあいだ、それは舛城が経験してきたさまざまな事件の残像に織りまざって、判然としなかった。幼女がかかわった事件はほかにいくつもある。だが、しだいにはっきりしてきた。

幼女を抱いた女性警察官が歩いていたのは、あの暑い代々木公園の一角だった。アイスを買ってあげようか。女性警察官が女の子にそうたずねた、そのことも覚えている。

なるほど、そうだった。彼女が同行したのは、その女の子を保護するためだったのだ。

女の子がどんな服装だったか、どういう顔かは思いだせない。

飯倉は、その女の子を連れていた。ベンチにも、一緒に座っていた。

最初のうちははしゃいでいた女の子は、しだいに疲れたらしく、ベンチで横になった。

木陰で、飯倉のスーツの上着を毛布がわりにして寝そべっていた。

そうだった。だから飯倉は、暑い陽射しの下にいたのだ。木陰を、その女の子にゆずったのだ。

「あれが」飯倉はソファのなかで足を組み、静かにいった。「里見沙希ですよ」

舛城は押し黙った。

記憶のなかの少女と、さっき出会った沙希の表情、目がだぶるかどうか、心のなかで重ねてみた。

だが、うまくいかなかった。そもそも、少女の顔など覚えていなかったのかもしれない。

飯倉は苦笑にも似た笑いをうかべた。「あとで、沙希にガラスごしに面会したとき、聞きましたよ。刑事さんはリンキングリングの手ほどきを受けたそうですね」

リング。代々木公園で耳にした金属音。

「そうだったな。そうだ。あの女の子はずっとリングの手品をしていたんだ。公園を往来する人々が、ものめずらしそうに立ちどまっていた……。おまえはずっと、それにつきあってたんだ」

「お忘れだったんですか」

「ああ。恥ずかしながら、いままで忘却の彼方だったよ」

女の子は照れくさそうな微笑をうかべながら、リングの手品を見せていた。集まりだした人々が拍手を送るたびに、ベンチに駆け戻って飯倉の背に隠れていた。耳を真っ赤にしていた。

そのわりには、また数分経つと同じ場所に立って、リングをつないだりはずしたり、飽きることもなくつづけていた。

飯倉の腕に手錠をかけたとき、少女は呆然としたように立ちつくし、こちらを眺めていた。

女性警察官に保護されたその少女を振りかえって、飯倉はいった。「なあ、この手錠もはずせないかな、手品みたいに」

舛城は一喝した。「馬鹿野郎。子供にふざけたことをいうな」

女の子は寂しげな顔で、連行される飯倉の背を見つめていた。肩にかかる髪が、かすかに風に揺れていた。

なにかの手続きの合間だろう、所轄の空き部屋で、舛城は少女の相手をした。

机の上には、少女が持っていたリングの手品一式。

皺くちゃの紙片を取りだした少女がきいてきた。「ここ、なんて書いてあるの?」

「どれ」舛城は声にだして読みあげた。「右手に切れ目のあるリングを、左手に切れ目のないリングを持ちます。……ふうん。ああ、なるほど。こうなってるのか」

少女は手品の練習をしながら、舛城にいった。「あんまり読んじゃ駄目」

「どうして?」

「手品のタネは、ばらしちゃいけないんだよ。おじさん、秘密守れる？」

舛城は笑いかえした。「ああ、覚えておくよ」


断片的にだが、克明に記憶が蘇ってきた。

舛城は頭をかきむしった。「それにしてもだ、なぜあの子はおまえと一緒にいた？　いや、当時の俺はわかっていたんだろうが、思いだせないんでな。それに、どうも気になる。里見沙希なんて一風変わった語呂の名前、そう忘れるもんじゃないと思うんだがな。こうみえても、名前についてだけはかなり覚える自信があるんだが」

「覚えてないのも当然ですよ」飯倉は両手の指をくみあわせた。「あの子の本名は木暮沙希子。本人も知りませんがね」

木暮沙希子。

その名前なら、たしかに記憶の片隅にある。しかし、本人も知らないとはどういうことだ。

廊下に足音がきこえ、扉が開いた。

吉賀に連れられて、沙希が入ってきた。

十五のわりには大人びた、すらりとした体型の少女。Ｔシャツにジーンズ姿のままだが、いまは薄いピンクのジャケットを羽織っている。

無表情のまま、大きな瞳が室内を見まわす。この部屋を訪ねたのは初めてらしい。

「沙希」飯倉はいった。「こちらの刑事さんは……」

思い出話に結びつけられるのはご免だ。舛城は咳ばらいした。「おせっかいかもしれないが、十五歳のきみはこの時間働いちゃいけない」

沙希の顔に憂いのいろがひろがった。瞳をかすかに潤ませている。

かつて風営法違反で挙げた店の若い女たちが、こんな顔をしていた。彼女たちにしてみれば、労働の代償に得る賃金は死活問題にちがいなかった。

沙希にとっても、ここで働くことは重要なのだろう。それ以上に、沙希の背景には複雑な事情がありそうだった。所轄の少年課に連絡をとっておく必要がありそうだ。

舛城は沙希にいった。「心配はいらないよ。きみに責任はない。雇っているほうがお咎めを食らうだけだ。ただ、きみの保護者には連絡しないと」

「保護者って……」

飯倉が口をはさんだ。「舛城さん。沙希は、児童養護施設暮らしです」

「養護施設……」

「ご両親はいないので。いちおう私が里親なんです」

「なに？　おまえがか」

「てっきり事情をご存じかと思ってましたが……」

舛城は困惑を深めた。飯倉の逮捕について、あまりに前後の記憶が薄らぎすぎている。咳ばらいをして、舛城は沙希にいった。「とにかく、きょうはもう働いちゃ駄目だよ」

沙希はたずねるような視線を吉賀に向けた。

吉賀は顔をそむけていた。

次に、沙希の目は飯倉に向いた。

飯倉がうなずくと、沙希は諦めたように床に視線を落とした。

強い意志を内包しているようで、身近な大人には逆らえないと信じている。沙希の態度は、その大人びた外見とは裏腹に、小学生ぐらいの子供が親に対してみせる従属の姿勢に近かった。

舛城は写真を取りだし、テーブルに置いた。「ひとつだけ、どうしてもききたい。さっき質問したことだ。まだ答えをもらっていなかったな。西谷っていう男。いったい何者だね」

吉賀が、あからさまに動揺のいろを浮かべたのを、舛城は見逃さなかった。

「なにをびびってる？」と舛城は吉賀にきいた。

飯倉も吉賀を見やった。「この写真の男がどうかしたのか。きみの知り合いか」

「彼は」吉賀はこわばった表情で応じた。「マジック・プロムナードのバイトです。その、セミプロのマジシャンで……」

舛城は吉賀を見つめた。「いまどこにいる」

「仕事にでてまして」

「ほう。どんな仕事だ」

ふいに沙希が口をはさんだ。「あの、刑事さん。それは、いえないんです」

「どうしていえない？」

「それは……マジシャンとしての、義務ですから」

「沙希」飯倉が穏やかに告げた。「刑事さんってのは守秘義務がある。つまり、ちゃんときみらの職業上の秘密も守ってくれるんだ」

泣きそうな顔で沙希は黙りこくった。

揺さぶりをかけるなら吉賀のほうだな。舛城はそう思いながらいった。「なあ吉賀さん。さっき、おまえさんと出光マリさんはいったよな。カネが倍になるマジックについて、来週のテレビを見ればわかりますと。楽屋を出る前に携帯のｉモードでテレビ番組表をチェックしたんだが、来週はどの局もマジック番組の放映は予定してないぜ。どういうことなのか、はっきりしてくれや」

　吉賀は青ざめていた。完全に血の気が失せていた。

「刑事さん」沙希が割って入った。「マジック番組じゃないんです」

　沙希はなぜ吉賀をかばうのだろう。

「吉賀」飯倉が険しい顔できいた。「なにか番組の仕事が入ってるのか。この西谷というバイトと、関係があるのか」

「そのう」吉賀は口ごもりながらいった。「どっきりカメラ、みたいな特番で……」

「どの局だ」舛城はきいた。「何曜日の、何時何分からだ」

「ええと、火曜日の七時半。CXで」

「CX」舛城は思わず嘲笑した。「いっぱしの業界人ってやつか。フジテレビっていえばいいんだよ。フジのバラエティってことは編成局第二制作だな？　担当プロデューサーの名前は？」

「担当っていうか、下請けの制作会社が作ってるので……」

「制作会社への外注でも、編成に担当のPはいるだろう。名前は？」

「山岡。山岡、です」

　舛城は吉賀をにらみつけてから、携帯電話を操作した。電話帳機能に登録されたフジテレビ編成局第二制作部の番号を表示し、通話ボタンを押した。

携帯電話に目を向けていたわずかな隙に、ふいに扉を開け放つ音がした。舛城は顔をあげた。ほんの一瞬のうちに、吉賀は姿を消していた。

唖然(あぜん)とした顔でたたずむ沙希が、廊下に目を向けている。走り去る靴の音がする。舛城は沙希のわきをすりぬけ、廊下にでた。

吉賀はエレベーターの扉に飛びこんだ。大慌てでボタンを押しているのが、扉の隙間から見える。

「待て！」舛城は走りながら怒鳴った。「どこへいく！」

わずか数歩の差だった。エレベーターの扉は閉じた。舛城はボタンを押したが、扉は開かなかった。

身を翻し、階段を探す。しかし、非常用階段につづく扉には外から鍵(かぎ)がかかっていて、開けられなかった。

「くそ」舛城は歩み寄ってきた飯倉に怒りをぶつけた。「古いビルがこうなってるのは知ってるが、改装して中から開くようにしとけ。消防署に指導を受けてるだろうが」

「すみません。だが」飯倉は途方に暮れたようすだった。「いったいどういうことです」

「こっちがききたい」舛城は沙希を見た。「もう話してくれてもいいだろう。西谷ってやつはなんの仕事を受けてた？」

「西谷さんと、ほかの何人かのバイトの先輩が……どっきりカメラの仕掛け人になってるんです」

くぐもった音声が響いてきた。もしもし。第二制作ですが。もしもし。

片手に携帯電話を握りしめていることに気づいた。舛城はそれを耳にあてていった。

「山岡さんをおねがいしたいんだが」

「山岡……？　山岡という者は、うちには……」

「いないだろう。そうだろうと思った」舛城は携帯を切った。懐におさめようとして、液晶板の留守電メッセージの表示に気づいた。

再生ボタンを押すと、浅岸の声がきこえてきた。「中野坂上の区民センターにいます。大金が集まっていて、例の〝田中〞もいます……」

扉が開いた。舛城はエレベーターに駆けこみながらいった。「どっきりカメラの仕掛け人ってのは大嘘だ。吉賀はそういう触れ込みで、バイト連中を利用してたんだ」

「利用って」飯倉もエレベーターに乗りこんできた。「何のです？」

舛城は思わず静止した。怪しむべきはほかならぬこの男ではないのか。

「詐欺の片棒をかつがされてるんだ」と舛城は告げた。

「では、追わないと」

「ああ。心配はいらん。どこにいくかは、ちゃんとわかってる。……沙希ちゃん、きみもこい。なにがあったか教えてくれ」

沙希は躊躇(ちゅうちょ)のそぶりをみせたが、それも一瞬のことだった。こくりとうなずくと、エレベーターに乗りこんできた。

首都高速

「中野坂上か」運転席の飯倉義信が、ステアリングを切りながらいった。「銀座ランプから高速にあがったほうがいいですね」

「ああ、頼む」後部座席におさまった舛城は、かなり白いものがまじった飯倉の後頭部に怒鳴った。「領収書をもらっとけよ。あとでこっちで払う」

「あいにく、ETCなんでね。自動課金されちまうんです」

「一般レーンに入れ。ちゃんとおっさんから領収書を受け取れ」

たった数百円であっても、こんな男に借りをつくるのはご免だ。

隣に座っている沙希に目をやる。沙希は不安そうな表情を浮かべていた。

この少女が何者なのか、飯倉とどういう関係にあるのか、まだ詳細をきいていない。

十年前の事件の記録を繙けばわかることもあるのだろうが、木暮沙希子という本名を持つ少女がどんな事情で飯倉と一緒にいたのか、署に連行されてからどうなったのか、そういう肝心な部分が記憶から抜け落ちていた。

煩雑なことが多い現場だ、もとより少女のことは、当時から構っていなかったのかもしれない。

沙希は当時のことを覚えているのだろうか。飯倉がそのとき逮捕された前科者だと知っているのだろうか。

料金所を抜けて、首都高速に入った。渋滞もなく、クルマの流れはスムーズだ。ベンツの乗りごこちは快適だったが、高速道路の継ぎ目が定期的に車体を突きあげた。

飯倉は、出光マリをこのクルマに乗せたことはないのだろう。彼女はベンツを知らなかった。飯倉とマリは、さほど親しくなかったと推察される。

ではマリは、吉賀とグルだったのだろうか。それもありえない。吉賀と違って、マリは舛城が刑事と知っても顔いろを変えなかった。彼女も〝カネが倍になる〟トリックについて知ってはいても、西谷らアルバイトがあちこちで演じてまわっているのは、どっきりカメラ番組の収録にすぎないと信じていたのだろう。

社長と店長、そしてすべてのマネージメント業をひとりで切り盛りしていた吉賀だ、誰に打ち明けなくとも、ひとりで秘密を隠し持つことはできたはずだ。

共犯がいるとすれば、マリではない。

詐欺の指南役がいるとすれば、いま運転席でステアリングを握っている飯倉義信。この男にちがいない。

「刑事さん、あの」里見沙希がきいてきた。「いまから、どこに？」

「きみにとっての先輩マジシャンにあたる、西谷君たちが働いている現場さ。なあ沙希ちゃん。いや、沙希って呼んでいいかな？　きみは西谷君たちの仕事がどっきりカメラと聞いてたかもしれないが……」

「うん。それはもうわかってる。みんなからおカネが騙し取られるかも、ってことでしょ。吉賀社長が仕組んだことで。さっきエレベーターで聞いた」

たいした理解力だ。舛城はたずねた。「沙希。どっきりカメラの仕事について、吉賀が切りだしたのはいつごろか覚えてるか？」

「もうずいぶん前。一年がかりの仕事だっていってた。東京のあちこちで、お店をやってる人におカネが増えるマジックをやってみせて、驚かせて、それらを隠しカメラで撮る。で今夜、騙されてた人たちを集めて〝どっきりカメラでした〟って暴露する場面を撮る段取りだって」

「そもそも、誰がどの店に行くのか、吉賀が指示したのか」

「うん。番組のディレクターさんから聞いた指示を伝えてるっていってた」

やはり吉賀の自作自演か。舛城は頭をかきむしった。「で、カネが倍に増えるマジックのからくりは？」

沙希の光る目が舛城をとらえた。「マジシャンは、タネを明かさないの」

「おいおい頼むよ。なんなら買ってもいいぞ。十八万とかいわれると、ちょっと困っちまうけどな」

「刑事さんはマジシャンじゃないんでしょ？」

「そうでもないよ。知ってるマジックもある」

「どんな？」

「リンキングリングとか」

「へえ。四本のほう？　それとも六本、八本？」

やはり、十年前のことは忘れているらしい。四、五歳の幼女だったのだ、当然だろう。

「なあ沙希。きみは出光マリとはちがう。彼女は、他人の考えたリンキングリングのタネをばらして自分をよくみせようとしたんだ。いまきみが、カネが倍増するタネを明かしても、それは多くの人を助けることにつながるんだ、考案したマジシャンも文句はいわないさ」

「考案したのは、わたしなの」

「なんだって。カネが倍増するトリックは、きみの発案か」

運転席の飯倉が口をはさんだ。「アルバイトや常連客は、自分で考えたタネを吉賀に売りこむんです。いいアイディアなら、商品化されてマジック・プロムナードで売られます」

「そして、雀の涙ほどの報酬が支払われるってわけか」

「ろくに稼ぎもない仕事です。わずかな報酬でも、みんな喜んで受けとります。それに、自分の考えたトリックが商品化されるというのは、マジシャンにとっても名誉ですからね」

舛城は沙希にきいた。「カネが倍増するトリックを考えて、吉賀に提出したのかい?」

沙希は不本意だという口調でいった。「もともとは、おカネが倍に増えるなんてマジックじゃなかった。わたしは、カードマニピュレーション用にバック・アンド・フロントパームしやすい薄いデックをつくろうとして……」

「ちょっとまってくれ。俺はマジシャンとしちゃまだ駆け出しだ。わかるように説明してくれ。まず、なんだって。バック・アンド……パーム?」

沙希はため息をついた。「手からどんどんトランプがでてくるマジック、見たことないですか」

「ああ、あるよ。テレビでならな。一枚ずつ、どんどんでてきたり、いっぺんにたくさんでてきて扇状に広げたりとか」

「あれは、もともと空っぽの手じゃなく、最初からたくさんのトランプを隠し持ってるんですけど……」

「隠し持ってる？　そんなふうには見えなかったぞ」

沙希は出来の悪い生徒を前にした女教師のように、かすかな苛立ちをのぞかせた。胸ポケットから一枚のプラスチックカードを取りだして、たずねてきた。「これ、なんだかわかる？」

「Ｓｕｉｃａだな」

沙希がそれを軽く上に放り投げるしぐさをすると、カードは消えた。

舛城は面食らったが、よく見ると、カードは沙希の手の甲側に隠し持たれていることがわかった。

沙希がいった。「人差し指と小指ではさむように持って、中指と薬指を曲げる。それから、前を支えている親指をどかして中指と薬指を伸ばすと、こうやって手の甲に隠れて、てのひらには何もないようにみえる。これがバックパーム」

「ちょっと指のあいだからはみだしてるけどな」

「これはステージマジックだから。舞台の上なら、これでなにもみえないの。それから」

沙希は内側から手をかえすようにして、手の甲をこちらに向けた。カードはスムーズにてのひら側に移動したらしく、舛城の視界に入ることのないまま、手の甲だけが向けられるかたちになった。

「指をぜんぶ曲げて親指で支え、人差し指と小指を伸ばして上下を支えてから中指、薬指を伸ばす。これでてのひら側に隠し持つことができるの。フロントパームってやつね。これを繰り返せば手のなかが空にみせられる」

「すごいな。器用なもんだ。きみが手にした時点で、どんなカードでも消えたも同然だな」

「消すだけなら」沙希は微笑をうかべて、Ｓｕｉｃａを胸の前に持ってきた。両手を軽く打ち合わせると、カードは消えた。どちらの手にも隠し持たれてはいない。

よほど驚いた表情をうかべていたのだろう、沙希は舛城を見つめて笑った。「これはパームほど難しくないの。トピットっていうトリックで、マイケル・アマーってマジシャンのやり方(ルーティーン)」

沙希はジャケットの前を開いた。内ポケットの下にもうひとつ、大きな袋状のポケットが縫いつけられていた。

そこからSuicaを取りだしながら、沙希はいった。「胸の前に持った物を、このポケットに放りこむだけなの。誰にでもかんたんにできるわ」

「なるほど。袖を使うよりは楽そうだ」

「そうでしょ？」

「ただ、まだわからない。さっきのバック・アンド・フロントパームが、カネの増える芸とどう結びつく？」

「わたしが考えたのは、おカネじゃなくてトランプの手品用の道具なんです。バック・アンド・フロントパームでたくさんのトランプを隠し持てば、出現させた瞬間に扇状に開くことができるんだけど、普通のトランプじゃ硬すぎるし厚みが出過ぎる。なるべく薄手のトランプを使わなきゃ。ぜんぶで五十二枚あるトランプが、半分の二十六枚かそれ以下にみえるくらいに」

「じゃあ、きみが考案したのはトランプの厚みの圧縮法ってわけか」

「うん。液体のりと中性洗剤を混ぜて、水でうすめる。そこに紙製のトランプをひと晩浸して、とりだして、今度はビニール袋にいれてふとん圧縮機にかける。そうすると、変形もせずに厚みだけが半分以下に減るの」

「たぶん紙の繊維質のいたるところにある隙間が潰れるからだろうな。で、きみはそれを商品として採用してくれるように吉賀に頼んだ。その、バック・アンド・フロントパームってやつに最適のトランプとして」

沙希の顔に翳がさした。「でも、あとで欠陥がみつかって……。これじゃ売り物にならないって、怒られました」

「どんな欠陥が？」

「トランプが薄くなっているのは、加工をしてから二、三時間だけなんです。表面が乾いていても、なかはまだ湿ってたの。やがて、またトランプの厚みは元通りになっちゃうんです」

「なるほどな。紙幣には和紙が使われてる。紙の詳細な製造法は極秘にされてるが、それでも紙は紙だ。トランプでやったのと同じことが、札束でもできた。吉賀はそれを発見したんだな。しかし、おかしいな。カネはマジシャンが用意するんじゃないんだろう？　なにも知らない自営業者の百万円の札束を借りて、それをテーブルに置いただけで二百万円に膨れあがる。どうやって……」

舛城の思考は、聡明なマジシャン見習いの少女の目には愚鈍に映るらしかった。

沙希は顔をしかめながらいった。「すりかえたのよ。わからない？　ギミックコインと同じ。二百万円の札束を圧縮して百万円の厚みにして、こっそり用意しておく。相手が百万円の札束をだしたら、それをすりかえて、じつは二百万円の束をテーブルに置く。それだけ。あとは自然に乾いていけば、おカネは膨れていって増えたようにみえる」

「だが、ギミックコインみたいにフィンガーパームできるほど、札束は小さくない。どうやってすりかえる?」

「今見たでしょ? トピットを使うの。タネの札束は上のほうの内ポケットに入れておいて、相手から借りた札束をトピットの隠しポケットに放りこみ、すぐ内ポケットの札束をだす。身体をほんのちょっとひねる動作のなかだけで、かんたんにできる動作よ」

「でも、防犯カメラに映っていた彼は、カネに指一本触れてなかったんじゃ……」

「ほんとにそう?」と沙希はじっと舛城を見つめた。

舛城は言葉を失った。

そうだ、思い返してみれば、たしかにテーブルに札束を置いたのは、〝田中〟こと西谷だった。

澤井から受け取った札束を、なにげなくテーブルに軽く投げ落とした。彼が札束に触れたのは、後にも先にもその瞬間だけだった。

そして、いま沙希の〝トピット〟なる妙技をみれば、あの動作だけで札束をすりかえることは充分可能とわかる。

なぜ俺は、西谷がカネに触れていないと思いこんでしまったのか。理由はすぐに判明した。澤井がそう証言したからだ。あのひとはカネに指一本触っていない、そういった。澤井だけではない、取調室の参考人全員が口を揃えてそういった。そのせいで、舛城もそれを真実と見なしてしまった。映像に、西谷がしっかりと札束に触れた瞬間が記録されているにもかかわらず。

「盲点だったな」舛城はつぶやいた。「あんな最初の時点で、すりかえがあったなんて」

「始まりは終わり。見ているほうは、まだマジックが始まっていないと思って油断してる。おカネが膨れあがって相手が驚くころには、もうなにもかもが終わってる」

あの西谷という男は、膝(ひざ)をテーブルにぶつけて灰皿を落としかけたり、不器用な素振りをしていた。だがそれは、一瞬の器用さを隠すためのカモフラージュだったのだろう。トピットによるすりかえは、マジシャンの技術としてはさほど難しいものではないのかもしれない。しかし、沙希が偶然発案した〝膨張する紙の束〟の原理から、トピット、あらゆるカモフラージュを組み合わせると、なんと奇跡的にみえることだろう。

舛城は吐き捨てた。「このマジックの総合演出を手がけた吉賀に、拍手を送りたいね。きみの発案からこんなことを考えるなんて、ふだんからよほどあくどいことばかりに思いをめぐらせているんだろう」

飯倉が運転しながらいった。「あいつは、人を欺くことができるほど頭がよくないですからね。マジックの知恵を借りて、詐欺を組み立てようとしたんでしょう」

舛城は黙りこんで、ルームミラーに映る飯倉の目もとを見つめていた。

頭がよくないから、マジックの知恵を借りた。果たしてそうだろうか。頭がいいからこそ、よりトリッキーな方法を模索したのではないか。

だとするなら、それは飯倉義信の十八番（おはこ）ということになる。やはり黒幕は飯倉ではないのか。

沙希がきいた。「刑事さん。西谷さんたちは、どうなりますか」

「どうなるって、そうだな。詳しいことは調べてみないとわからないが、たぶん吉賀に踊らされていただけだろうしな。罪にはならないだろう」

「そうですか」沙希はささやくようにいった。「みんな、仕事のステップアップになるかもしれないって、がんばってたのに……。ギャラもたぶん、嘘……」

「だろうな。……きみは、吉賀からギャラをもらう約束を交わしてないのか。曲がりなりにも、きみの原案のトリックといえるだろうし」

「どっきりカメラのタネに採用するから、いくらか報酬をくれるっていってたけど……。わたしは断りました」

「どうして？」

「だって、イヤじゃないですか。どっきりカメラに出るなんて、マジシャンの仕事じゃないもの。人を騙すなんて……」

「マジシャンは、人を騙すのが仕事じゃないのか？」

沙希はうつむいた。「わからない」

「ごめん、あやまるよ」

「なんであやまるの？」と沙希は顔をあげた。切実な表情だった。

「いや。そのう、マジシャンは、夢を売るのが仕事だよな」

「夢？　夢って、どんな？」

「だから、不可能を可能にみせるとか……」

「でもトリックでしょ？　タネがあるってだけじゃない。刑事さんは、マジックを見て夢を感じたことがあるの？」

「正直なところ、ないな」

ほら、ちがうじゃない。沙希はそんな目つきで舛城を見ると、うずくまるようにして押し黙った。

しばらく間があった。ふっと笑う飯倉の声がした。「舛城さん、変わりましたね」

「慣用句ですけどね。丸くなったってことですよ」

「なにがだ」

大きなお世話だ。ため息とともにつぶやいた。

前方をみれば詐欺師の目、傍らをみれば身元不明の少女。現状はあいかわらずだった。

視線の唯一の逃げ場、窓の外に目をやった。

丸くなった、か。舛城はひとりごちた。男の評価としては、最低の言葉だ。

爆風

沙希はゆっくりとクルマを降り立った。

見知らぬ夜の住宅街。ひとけもなく、ひっそりとしている。

中野区か。以前にいちどだけ、来たことがある。ゼロホールという場所で出光マリのマジックショーの手伝いをさせられた。観客はお年寄りと子供ばかり。

運転席から這(は)いだしてきた飯倉が声をかけてきた。「沙希。こっちだよ」

言われるままについていく。ほかに選択肢はない。

それでも、舛城を心から信用しているわけではなかった。大人はいずれ、裏切るものだ。どんな約束を交わそうとも、きっと反古(ほご)になる。いつでも相談に乗ってあげる。困ったことがあったらなんでも打ち明けなよ。そんな言葉はすべて偽りでしかない。

まだ九月だというのに、少しばかり肌寒い。ジャケットの前を引き寄せた。ジャケットの隠しポケットのざらついた感触がある。カネのない自分にとっては、ジャケットのタネの加工もままならない。結局、麻でできた古着を裁断してポケット状にし、上着の裏に縫いつけていた。外出するときには、いつもこのジャケットを羽織る。いつでもマジックが見せられるように。それが人生を変える一瞬になるかもしれない、そう信じながら。

しかし、いまこうして不案内な街の片隅に立ちつくすはめになった自分を意識すると、そんな考え自体がひどく馬鹿げたものに思えてくる。

流されて生きるしかない状況のなかで、幸運の浅瀬に流れ着くと信じる、それだけが自分の信念だなんて。

薄々は気づいていた。こんなプロダクションに身を置いていても、プロのマジシャンにはなれないということに。

だが、自分が落胆を感じている理由は、そればかりではない。なんだろう。沙希はぼんやりと考えた。自分の両肩に重くのしかかる事態がある、そんな気がする。どういうことなのか、具体的にはまだ判然としない。

行く手には、区民センターの看板がかかった建物があった。玄関の扉は開けっぱなしになっている。

舛城は、若い男としきりに話しこんでいた。それから振りかえると、その男を指し示していった。「沙希、こいつは俺の後輩の浅岸だ。よろしくな。で、浅岸の話では、三十分ほど前に全員がカネの提出を終えたらしい。きみの仲間の西谷君たちは、どこへともなく姿をくらましたようだ」

沙希は入り口からなかを覗きこんだ。

パイプ椅子に整然と座った人々、彼らの眼前に積み上げられた札束の山。

全員が、提出したカネが倍に増える瞬間を期待しながら、固唾を呑んで見守っている。

そんな構図だった。

浅岸が舛城にいった。「吉賀って奴はどうやってカネを逃がす気でしょう。あんなに大勢に見守られてたんでは、へたなことはできっこないですが」

沙希は困惑した。「逃がすって？」

「吉賀が現れて、カネを持ち逃げしようとしたところを現行犯逮捕する。僕たちはそのために待機してる。前もって、吉賀がカネを運び出す方法がわかれば、対処もしやすいんだが……。きみ、なにか知ってるの？」

呆れたものだ。刑事もこのていどの思考でしかないのか。

「いいですか」沙希はいった。「あそこに積んであるのが本物のおカネだと思ってる？」

舛城は目を丸くした。「ひょっとして、すでにすりかえを？」

「当然でしょ。積み上げる前にすりかえてる。来客からおカネを受けとった西谷さんたちが、ああやって積んだんでしょう。そのときに、トピットですべて偽の札束とチェンジしてる」

「トピットって？」浅岸がきょとんとした顔できいた。

舛城はジャケットの下で手を腰にまわした。金属音がする。手錠の携帯を確認したらしい。「沙希のいうとおりだ。積んであるのはニセの札束で、本物は持ち去られたとみるべきだな」

「でも、どこに？」

「まだわからん。西谷君たちアルバイトがどこにいるか突きとめなきゃな。いくぞ」

言い放つが早いか、舛城と浅岸は区民センターに踏みこんでいった。

警察手帳を高々とかざしながら、舛城が座席の中央を前方に向かって歩いていく。「警察だ。全員、そのまま座ってろ。ああ、見た顔も多いな。きのう取調室で会ったばかりのみなさん、こんばんは。がめついことだな、カネをいつも以上に増やしてやるといわれて、ほいほいやってきたか。ここがおまえらのゴキブリホイホイともしらないで」

会場は異様な静寂に包まれた。凍りついた顔の中年の男女が、椅子の上で身を硬くしている。

沙希は刑事たちに並んで立った。

「刑事さん」と来客のひとりが立ちあがった。「どこでなにをしようが、私たちの自由でしょう。おカネをそこに置いて、眺めてるだけだ。文句いわれる筋合いはないですよ」

同意の声が渦になって響いてきた。

舛城はそれを手で制しながらいった。「まあ待て。いいかげん、目を覚ましたらどうだ。おまえさんたち、カネがここにあると本当に思ってるのか？」

ふいに会場は水をうったように静まりかえった。

舛城は浅岸を振りかえり、目で合図した。

浅岸が札束の一部を手にとった。それをパラパラとはじきながら、口もとを歪（ゆが）ませる。

「いや、驚いたな。本物の札はいちばん上だけだ。あとは全部、ちり紙だ」

一瞬の間をおいて、会場の全員が弾（はじ）けるように立ちあがった。驚きと戸惑い、怒りの入り混じった声を発しながら一斉に札束の山に殺到した。

札束と信じた紙束をつかみとっては、悲嘆に暮れて座りこんだり、いいようのない憤りを周囲にぶつける大人たち。混乱のなかで、沙希はそんな光景をただぼんやりと見つめていた。

沙希は思った。自分はいったい、なにをやっているのだろう。プロマジシャンを目指して頑張ってきたのに、いまは予期せぬ混乱のなかにいる。自分が幼いころから抱いてきた疑問は解き明かされないまま、社長の裏切りと犯罪行為があきらかになり、混乱の渦中で、ただ立ちつくしている。

中年の女が、血相をかえて紙束に駆け寄っていく。その女に背を押され、沙希は前につんのめった。

「沙希！」飯倉が駆け寄ってきた。右往左往する人々をかきわけて、飯倉は沙希に手をさしのべた。「だいじょうぶか」

その手をとろうとして、沙希はふと静止した。

床にちらばった紙の束のなかに、見覚えのある容器がおちているのを見て取った。目薬のような小さな半透明の容器。まぎれもなく、マジック・プロムナードの陳列棚に並んでいる商品だった。

「自動点火薬だわ」沙希はいった。

反射的に、この紙束の仕掛けの全容を悟った。ちり紙と思われていた紙片を手にとる。やはり、まちがいなかった。

沙希は飯倉を見あげていった。「危ない。みんなを遠ざけて。早く！」

飯倉は戸惑ったようすだったが、辺りをみまわして怒鳴った。「みんな、静かにしろ。

「ここを離れろ！」

群衆はまるで聞く耳を持たず、紙片のなかに点在する本物の紙幣を回収しようと必死で駆けずりまわっている。

唯一、舛城だけが飯倉の声を聞きつけたようすで駆け寄ってきた。「どうかしたか」

「これ！」沙希は紙片をつかみあげた。説明するのももどかしい、それでも意志を伝えねばならない。「これ、ぜんぶフラッシュペーパー」

「フラッシュペーパー?」舛城の顔に緊張が走った。「それなら知ってる。以前に劇団のガサ入れのときにみた。火がついたらパッと一瞬で燃え尽きる、あれだろ」

「それに、この容器。フラッシュペーパーに点火するための粉と液体で……混ぜると、火がつくの」

フラッシュペーパーの山のなかにばらまいてある自動点火薬の粉と液体が、混ざり合うことで発火してしまう。沙希がつたえたいのはその事実だった。紙束を山積みのままにしておけば何も起こらないが、大勢でかきまわしている以上、いつ点火するかわからない。ひとたび点火すると、フラッシュペーパーすべてが一瞬にして燃えあがる。

舛城は、沙希のたどたどしい言葉からもすべてを察したらしい。辺りの男女を突き飛ばして怒鳴った。「やめろ！　どいつもこいつも、紙を置いて外にでるんだ！　危険だ、早くでろ！」

舞いあがるフラッシュペーパーのなかに、数枚の一万円札がみえる。大人たちは舛城の声にも耳を傾けようとせず、それを奪おうと我さきに群がった。

「馬鹿どもが！」舛城は罵（ののし）った。「出ろというのがわからんのか！」

そのとき沙希は、大勢の制服警官が雪崩れこんでくるのを見た。

浅岸が怒鳴った。「中野警察署からの応援です！」

舛城も大声を張りあげた。「こいつらを外に出せ！　紙は取りあげて捨てさせろ！」

警官たちはいっせいに中年の男女らを取り押さえにかかった。暴れて抵抗する者や、泣き叫ぶ者もいた。

暴動がおさまりつつあった。まだ中央には、かなりのフラッシュペーパーの束が山積みのまま残っている。

沙希はそのなかに飛びこんだ。「西谷さん！　なかにいるんでしょ！　出てきて！　危ないから！」

舛城の驚きの声がきこえる。「このなかに、西谷たちが？」

マジック的発想のない人間はこれだから困る。いや、困りものなのは自分の思考かもしれない。

複雑な感情が沙希のなかに渦巻いた。説明しようとしても、うまく伝わるものではない。沙希は舛城に叫んだ。「とにかく、なかにいるの！　助けだして！」

舛城は一瞬ためらいのそぶりをみせたが、すぐに沙希の言葉に従った。フラッシュペーパーの山を乱暴に掻き分けていく。

ふいにフラッシュペーパーの山のなかから、ひとりの男が頭を突きだした。

西谷だった。

目をぱちくりさせながら、西谷はのんびりとした口調でたずねてきた。「収録、もう終わったの？」

どっきりカメラのオチのために、フラッシュペーパーの下に隠れていろと指示されたにちがいない。札束が閃光とともに消えうせ、その下から仕掛け人が現れる。それでオチがつく、吉賀からそう伝えられたのだろう。

「もう！」沙希は怒りにまかせていった。「西谷さんたちって、クローズアップばっかりやってるから、危険度の高さがわからないのよ。これだけのフラッシュペーパーが燃えたらどうなると思う？　ポーズとって現れるどころか、全員丸焦げよ！」

「え」西谷の顔がこわばった。

つづいて、声を聞きつけたらしいアルバイト仲間たちが、次々と紙の山から頭を突きだした。みな、一様に驚きの表情をうかべている。

「よかった」沙希はつぶやいた。「無事で」

西谷はまだ状況が把握できていないようすだった。「沙希。なんで泣いてる?」

舛城がうんざりしたようにいった。「西谷。沙希はな……」

そのとき、浅岸が声をあげた。「舛城さん！　火が」

舛城が振りかえると同時に、沙希も浅岸の視線を追った。床に散らばったフラッシュペーパー、その一角に火の手があがっていた。

「逃げろ！」舛城の声が響いた。「外に駆けだせ！」

ずっと横になっていて体力をもてあましていたのだろう、西谷たちは真っ先に飛び出していった。

沙希も走りだそうとしたが、足がもつれて動かない。はやる気持ちに、身体がついていかない。またしても、前のめりに倒れそうになった。

その瞬間、身体ががっしりとした腕に支えられた。誰かに抱きあげられた。すぐにそれが、舛城だとわかった。

出口に向かって走る舛城に抱きかかえられながら、沙希は舛城を振りかえった。

区民センターの内部に閃光が走った。

ステージとしては、デビッド・カッパーフィールド級の閃光。沙希の目にはそう映った。一瞬だが、すさまじい火力だった。突きあげる衝撃と爆発音、熱風が押し寄せ、肌を焼く。だが、それも一秒たらずのことだった。

くすぶる火が床のあちこちに見えるほかには、壇上にはもう何もなかった。フラッシュペーパーの山は跡形もなく消滅していた。

沙希は舛城の顔を見あげた。硬い表情をしていた。その目が沙希に向いた。すぐに、舛城の顔から氷が溶け去ったように見えた。

「……降ろして」沙希はいった。

「ああ」と舛城は沙希を床に立たせた。

「ありがとう。……舛城さん」沙希はそういったが、視線は合わせられなかった。

舛城はさっさと背を向けて、周りに怒鳴った。「消防を呼べ。それからきみ、西谷君。本物のカネはどうした？」

やっと状況を理解したのか、青ざめたようすの西谷が舛城に告げた。「おカネは、ですね……。ええと、トピットですりかえて、隠しポケットに……」

「それはわかってる。で、隠しポケットにいれたカネは？」

「すりかえるたびに、裏口から外にでて……クルマに」

「クルマに積んだのか。車種と色は？」

「ええと。白、いやグレーに近いかな。ワゴンっていうか、バンっていうか……」

「マジシャンはクルマにゃ詳しくねえのか。浅岸、裏口にいくぞ」

はい。浅岸がそういって舛城とともに駆けだした。

沙希はふたりの刑事たちの背を見送った。

あいかわらず、自分がなにをしているのかさだかではない。誰のために、なんのために力を尽くしているのか、まるでわからない。

それでも、なにかが気にかかる。自分の信念が、人生が、窮地に立たされている。そんなふうに思えてならなかった。

十五歳

「マスコミが集まってる」石井管理官は、警視庁本館一階の廊下を進みながら険しい表情でいった。「話すことは話して、さっさと追いはらえ」

舛城は並んで歩きながら、石井の横顔を見やった。「公式の記者会見はおこなわないんですか」

「七億もの大金を奪われて容疑者逃走中。そんな失態を公表するためにわざわざ会見場を開けろというのか。論外だ」

ドアに行き着いた。それを押し開けて、一階ロビーにでる。

たちまち、目もくらむようなフラッシュが視界を覆い尽くした。

カメラの砲列が一斉にこちらに向けられている。テレビ取材班の強烈な照明に脳が溶けるような気がした。不眠不休で働いて、日が昇るとともにこんな取材攻勢に遭ったのでは身が持たない。

舛城は立ちくらみに耐えながら取材陣にきいた。「捜査二課のコメントは行きわたってますか。けさ配布されたはずだが」

カメラのシャッター音と閃光が連続するばかりで、誰もひとことも発しない。

「結構」舛城はいった。「昨晩起きたことはぜんぶそこに書いてあります。それ以外に、こちらからお伝えすることはありません。では」

舛城が立ち去りかけようとすると、報道陣から一斉に質問が飛んだ。なにを喋っているのかはさだかではない。舛城はかまわずドアに向かおうとした。すると、報道陣は詰め寄ってきて舛城を囲みだした。

「わかりました」舛城はうんざりして報道陣に向き直った。「すみませんが、質問はおひとりずつお願いします」

記者から質問が飛んだ。「逃亡した吉賀欣也容疑者は全国に指名手配されたとのことですが、その後の足取りは？」

「まだわかってません。ほかの方、どうぞ」

「けさ未明に検問を突破した怪しいクルマがあったとの未確認情報がありますが、それと容疑者の関係は？」

「未確認情報？　未確認の情報って、情報といえるんですかね」

「マスコミ各社に匿名の電話があったんですがね。それに、インターネットにも流れてます」

舛城は苛立った。どこの誰だ、まだこれから詰めねばならない情報を漏らしたやつは。

「調査中です」と舛城は告げた。「たまたま検問突破をはかった人間がいたとしても、朝帰りの酔っ払いかもしれませんしね」

「おカネが倍になるというトリックを見破ったのは、吉賀容疑者の事務所所属のマジシャンとのことですが、誰ということはあきらかにできませんか」

「できません。それにまだ、マジシャンといえるかどうか」

「というと、デビュー前の新人ってことですか」

「あの、みなさん。マジシャンというのは、たしかに芸能人の分野に入るとは思いますが、事務所とか所属とかいっても、レポーターのみなさんが想像されるような世界とは、若干違っています。詳しく話すと長くなりますが……とにかく、詐欺行為はあきらかになりましたが容疑者は逃亡。全力で行方を追っているところです。それだけです」

「その秘密を暴露した新人マジシャンと、社長である容疑者が、グルになっている可能性は？」

「ありませんね。というのも、事務所内の人間関係は少々複雑でして。私の目には、仲良しクラブにはみえませんでしたね。では」

舛城は素早くドアを開け放って滑りこんだ。報道陣の声が舛城を追いかけてきたが、ドアが閉じるとともにシャットアウトされた。

ふうっとため息が漏れる。石井管理官はどこに消えたのだろう。報道陣をこちらに押しつけておいて雲隠れとは、要領のいい男だ。

廊下を歩きだした。警視庁に戻り、報告書の作成にとりかかったのが午前三時。仕上がったのは、ほんの一時間ほど前だ。仮眠をとる暇さえあたえられない。

熱いコーヒーでも飲むか。そう思いながら歩きだしたとき、すれちがった男が声をかけてきた。「捜査二課の舛城さんですね」

レポーター特有の声と口調。舛城は相手の顔をみた。

年齢は四十歳前後、痩せていて、人のよさそうなところに奸智の才能が混ざり合ったような、油断のならない目つきをしている。この男も見慣れた顔だった。

舛城はいった。「NHKじゃないな。フジかTBSか……」

「いえ。それ以外の局です」男はさっきの報道陣よりは、いくらか礼儀というものをまとっているようだった。「牧田と申します。昨晩は、いろいろたいへんだったようですね」

「ああ。おかげさまで、盆と正月が一緒にきたような忙しさだ。芸能関係のレポーターが、この通路に勝手に入っていいのか？」

　牧田は胸もとの通行証を指さした。「社会部に鞍替えしましてね。もっとも、いまでも専門は芸能畑でしてね。昨夜の事件には、たいへん興味を持っています」

「コメントに書いてあるとおりだ。それ以上、なにもない」

「まってくださいよ。私が興味があるのは、奇妙奇天烈な事件についてじゃありませんよ。まあそっちも関心がないわけじゃないんだが、それよりもトリックを暴いた女性マジシャン、そいつを追っかけたくてね」

「女性マジシャン？」舛城はしらばっくれてみせた。「誰だいそいつは？」

「出光マリさん。けさ、会ってきました」

「なんだと？　出光マリが、あの詐欺のトリックを暴いたってのか」

「ええ。吉賀社長のソーサリー・エージェンシーに所属するマジシャンというと、限られてきますからね。それで電話できいたところ、出光マリさんが警察の捜査に協力されたそうで」

　売名につながりそうなところには、何であれ媚を売る。出光マリがやりそうなことだった。

　舛城はいった。「冗談じゃない。彼女にはちょっと質問はしたが、本格的な協力とはいえん。アルバイト連中の危ないところを救ったりしたのは別人だぜ」

「誰です、それは？」

「さっきの記者発表を聞いておくんだったな。ずぶの新人、まだこれからって子だよ」

「名前を教えてくださいよ。その子が有名になるチャンスでもあるじゃないですか」

「社会部の仕事をしろ」舛城は歩きだした。「さもないと、その通行証を剥奪するぞ」

見送る牧田の捨て台詞が響いてきた。「わかりましたよ、自分で調べますから」

階段を上りながら、舛城は頭をかきむしった。

その子が有名になるチャンス。牧田はそういった。

十五歳。里見沙希にはまだ将来がある。目をそむけられない事実が、なぜか重く感じられてしかたなかった。

番号

　舛城が知能犯捜査班の刑事部屋でインスタントコーヒーをこしらえていると、ドアが開いた。

　浅岸が紙片を手にして入ってきた。くたびれたスーツにやつれた顔。徹夜仕事のペース配分に慣れていない新人特有の朝の顔だった。

「どうだった」舛城はコーヒーをすすりながらきいた。

「検問突破のクルマについて、いくらか進展がありました。もうすぐ報告があがってきます」

「よし。飯倉と、里見沙希は？」

「小会議室のほうにきてます」浅岸は紙片に目を落とした。「飯倉はたしかに、沙希の里親だったようです。十二年前に里親制度の認定を受けて登録していて、十年前、つまり逮捕の直前に、両親を亡くした沙希の養育里親となった」

「本人の希望に添うかたちで、行政から児童の養育を委託されたわけだな。沙希が二十歳になるまで面倒をみるわけだ」

「そうです。もっとも、飯倉は逮捕を受けて里親の資格を失いましてね。沙希が暮らす場所は児童養護施設となり、いまでもそこで寝泊りしてます」

「どうして孤児になった？」

「里見沙希、本名木暮沙希子の両親、木暮清隆と木暮……ええと、旧姓三芳匡子は……十年と三か月前、事故で死亡しています」

「事故？」

「神奈川県警に記録が残ってました。夜中に横浜港の埠頭にクルマを乗りいれ、そのまま海に転落したとみられてます。運転していた父親の木暮清隆の体内から、アルコールも検出されたと報告されています。多く借金を作っていて、無理心中の疑いもあったんですが、証拠不十分で事故とされました」

「飯倉とはどんなつながりがある」

「その借金の貸主だったらしいです。責任を感じて、沙希の養育を受け持ったんでしょう」

「里見沙希って名前に変わったのは……」

「保護者だった飯倉が、区役所と裁判所に改名の手続きを申請し、受理されたんです。両親の死が大きく実名で報道されてしまったので、将来を考慮してのことだったそうです」

「ずいぶん親身になってたわけだな、飯倉は……」

納得いかない。

沙希にそこまで優しくしておきながら、あの男は逮捕後もなかなか罪を認めようとはしなかった。

舛城はいった。「飯倉にも事情をきかなきゃならんな」

「いきますか」

ああ。舛城はそういって歩きだした。どうやら、きょうも休めそうにはない。

四階の小会議室に入ると、真っ先に沙希が立ちあがって、笑みのないまま頭をさげてきた。「おはようございます」

昨晩と服は変わってはいるが、あいかわらずカジュアルなシャツにジーパン姿だった。

隣りに座っていた飯倉は本を読んでいた。顔をあげると、眼鏡ごしに舛城を見あげ、小さくうなずいた。

視線が逸れるほど頭をさげない。無駄のないそのしぐさは、十年前と変わらなかった。

飯倉は聞いてきた。「なにかわかりましたか?」

「ああ」と舛城は答えた。「検問突破したクルマについて、浅岸から報告がある」

浅岸は手帳の内容をホワイトボードに書き写しながらいった。「長野ナンバー、平成六年式のレガシィWGT。色は白。検問突破の際に接触したらしく、ウィンカーランプのカバーの破片が落ちてました。該当する車種を調べたところ、甲府市内で右ウィンカーランプが破損した車両を発見。所有者は甲府に住む独身のサラリーマンです。県警刑事部の鑑識課が早朝から甲府に赴き、車庫に停まっていたクルマのランプカバーの破損箇所を調べました。落ちていた破片と一致したそうです。共犯者の可能性がありますね」

舛城はきいた。「そのサラリーマンの身柄は確保したか?」

「まだです。捜査共助課を通じて長野県警に協力を要請したんですが、クルマの所有者は電車で通勤しているらしく、すでに会社に出かけた後でして。外勤の営業が仕事らしいので、会社のほうでもまだつかまらないといってます」

そのとき、沙希が声をかけてきた。「あのう、刑事さん……」

「ちょっとまってくれ」舛城は片手をあげて制した。「浅岸、ほかになにかあるか?」

「塩尻の交番に拾得物として一万円札八枚がとどけられました」

「拾得物? それがどうかしたのか?」

「被害にあった自営業者のうち何人かは、やはり区民センターに呼び出されたのを訝しく思ったらしく、持っていく札束の番号を控えていました。塩尻の交番にとどけられた一万円札のうち、二枚が同一の番号でした。GS035640N、TH212628C」

「たしかか」

「はい。所轄の鑑識が確認したとのことです」

舛城は立ちあがり、書棚から全国地図帳を取りだしてテーブルの上で開いた。該当する地域にマジックインキで印をつける。甲府、塩尻。

「あの」沙希がまた声をかけた。「刑事さん。ちょっと話したいことが」

「すまないが、もうちょっとだけ待ってくれ」舛城は地図に記された高速道路と国道を指でなぞっていった。「あきる野市から奥多摩、甲府に向かったと考えられるな。たぶん小淵沢を経由して、塩尻に達した。この方面なら、目的地は長野市内じゃないだろう」

浅岸が唸った。「富山ですかね。あるいは金沢か」

「いや。ここまでくるには時間がかかることを吉賀も知ってたはずだ。都市部の警察は動くのも早い。奥飛騨か、それとも輪島のほうにあがったか……」

「刑事さん」沙希が声をはりあげた。

飯倉がいった。「舛城さん。話をきいてあげたほうがいいんじゃないですか」

舛城は顔をあげた。沙希は立ちあがり、戸惑いの表情をうかべている。

「なんだね？」舛城はきいた。

「刑事さん、あのう」沙希は口ごもりながらいった。「トランプの端をちぎって、お客さんに持たせておく……で、そのトランプがマジシャンの手もとから消えて、別の場所に現れる。お客さんが持っていた、ちぎられた端を合わせてみると、ぴったり合う。そんな手品があるんですけど……」

浅岸が困惑したようすで告げた。「沙希ちゃん。手品の話なら、また後でゆっくり聞くから」

「まあ待て」と舛城は浅岸を制し、沙希にきいた。「そのトリックのタネは？」

「そのトリックでは、最初にトランプの端をちぎった時点で、お客さんには別の端を渡すんです」

「フィンガーパームで隠し持ってた端と、すりかえるってのか」

「そう。消えたトランプと同じトランプが、別のところから出てくるけど、それはあらかじめ隠してあったトランプ。そのトランプのちぎった端を、お客さんに渡してあったの。だから、最後にぴったり合うのよ」

浅岸がにやけながら肩をすくめた。「なんのことやら」

だが、舛城には徐々に沙希の訴える内容がみえてきた。「あの検問突破したクルマのことか。そうだな？　落ちていたウィンカーランプの破片は容疑者のクルマのものじゃなかった、そういいたいんだな」

「まさか」浅岸はつぶやいた。「鑑識が調べたのに……」

沙希は真顔でいった。「だから、その報告は間違ってないんです。落ちていた破片と、甲府に停まっていたクルマの割れたウィンカーランプカバーとは、ぴったり一致して当然なの」

舛城はうなずいてみせた。「きみはこう主張したいんだな。検問突破した吉賀は、あらかじめ自分とは無関係の人間が所有する同じクルマを探しだして、ウィンカーランプを壊し、その破片を持っていた。そして検問を突破する際にそれを落としていったと。それなら、甲府に住む会社員のクルマと破片がぴったり合う理由もつく」

「あー」と浅岸が声をあげた。「なるほどー……」

「だがな」舛城はため息をついた。「あくまで、その可能性もあるって話だ。盗まれたカネが塩尻で見つかってる。容疑者が甲府方面に逃走したのはまず、まちがいないからな」

「いいえ」沙希は首を横に振った。「それもちがうんです。お札の番号は書き直されたものです」

浅岸が戸惑いがちにいう。「それも所轄の鑑識が確認したんだけど……」

「見つかったほうのお札の番号は本物なの。おカネをとられた、被害者の人たちが持ってたお札に細工がしてあったんです」

舛城は驚きを隠せなかった。「どうやって？」

「被害者の人たちは、それまでおカネを何度も倍に増やされてたでしょう？　そのおカネは、使いきらずにそのまま持っていることも多かったはずです。そのなかに、吉賀社長が細工したお札が混じっていたんでしょう。何枚かを、塩尻で発見されたものと同じ番号にしておいたんです」

「どうやって同一の番号にする？」

「マジックの世界ではよくやるんです。お札を消して、レモンのなかから現したり。お客さんにナンバーを確認させて、同一のお札であると思わせるんですけど、ほんとはちがうんです。銀行で十万円を新札に両替すると、たいてい連番でできます。さっき、発見されたうち一枚の番号は212623と212628といってたでしょう？　連番のなかから212623と212628をとりだして、3のほうにボールペンで……ゼブラの極細ペンがいちばん自然なんですけど……3に書き加えて8にする。これで同じ番号の紙幣二枚のできあがり」

「そうか……。暴走族どものナンバープレートの偽装と同じだな。3は8に、1は4になるってやつだ」

「でも」浅岸は書類を眺めながらきいた。「もう一枚のほうは？　03564０のほう」

沙希はいった。「わたしには無理だけど、貯金のある大人ならできることです。百万円を新札の束でおろせば、ぜんぶが連番になってます。だから一の桁のみならず、十の桁の書き換えもできるんです。035610と、035640が手に入りますから。ちなみに、末尾が44の番号にいたっては、四枚も同一ナンバーの札が作れます。11、14、41、44がありますから」

室内はしんと静まりかえった。

やがて浅岸がおずおずといった。「お札の番号を書き換えること自体、犯罪ではあるけど……」

今度は沙希が不服そうに告げた。「タネを明かしたくはなかったのよ。だけど、事件の捜査に協力してるから、仕方ないと思って……」

「そうとも」舛城はうなずいた。「正しいのはきみだよ。吉賀がマジックのタネを犯罪に利用している以上、仕方のないことだ。協力には感謝してる。……で、吉賀の足取りについてだ。落ちていたクルマの破片と、札の番号。どちらも偽装だとすると……」

「かく乱ですね」と浅岸がいった。「長野方面に逃走したと見せかけたんです」

「実際はまだ都内近郊だな」舛城はつぶやきながら、沙希を見つめた。

この少女は、たんにマジックのタネを数多く知っているというだけではない。ほかのマジシャンにない、トリックをあらゆるかたちに応用できる発想力を有している。

それにしても、どうしても気にかかることがある。

舛城は飯倉に声をかけた。「ちょっときてくれ」

飯倉は立ちあがり、黙ってついてきた。

廊下にでると、舛城は飯倉にきいた。「おまえ、あの子の里親だったんだってな」

「沙希の目の前で私を逮捕したのに、知らなかったっていうんですか」

「ああ、知らなかった。捜査ってのは分担作業だ、俺はおまえしか眼中になかった」

「ふん。まあ、いいでしょう。沙希も当時のことはすっかり忘れているみたいだから」

「いまでも沙希は、おまえを親代わりに慕ってるわけか」

「いえ。それほど愛情を傾けてはいないでしょう。あの子は大人びている。私も、沙希が出世のために必要な足がかりのひとりとしか見なしていないはずです。私としては、それで本望ですが」

「吉賀のマジック・プロムナードやソーサリー・エージェンシーを買収したのも、沙希に将来を与えるためか」

「……まあ、そんなところです」

「ずいぶんと優しいんだな。心中した沙希の両親によほどの罪を感じていたわけか」

「だとしたら、何です？」

「おまえは詐欺で何十億円も稼いだ。心中に追いこまれた被害者は沙希の両親だけじゃなかったはずだ」

「舛城さん……。沙希の両親の死は、私が当時知りえた唯一の被害者側の事例だった。そのことに心を痛め、あの少女の里親を希望したんです。ほかの被害者のことまでは考えは及ばなかった」

「そんなに自分のしでかしたことを悔いていたのなら、どうして出頭しなかった？」

「沙希がふたたび独りになる。そうさせたくはなかったからです」

「親心だってのか？　本末転倒だな。児童福祉法の規定により、里親は罰金刑以上の罪に処せられたことのない者が選ばれる。おまえは罪が発覚していなかっただけで、自分が犯罪者だと知っていながら、沙希の里親になったわけだ。そんな理不尽なことが通用すると思うか？　真剣に沙希の将来を考えたら、そんな真似はとてもできなかったはずだぞ」

「……舛城さんには、お子さんがいましたね」

「ああ。ひとりな。娘だ」

「ならお解りでしょう？　私は、純真無垢(むく)な少女に出会って、自分の罪深さを知ったんです。なら自首したはずだとあなたは言うが、私にはその道は選べなかった。卑怯(ひきょう)者と思ってもらって結構。私はただ沙希の世話をすることが、亡き両親への供養になると思ったんです」

「おまえにはもう、里親としての責任も義務もないはずだ」

「それもわかってます。でも刑務所をでたあと、リフレ・チェーンのほうもうまく軌道に乗ったので……。今度こそ真っ当に彼女のために役立てると思ったんです」

「で、沙希の足長おじさんになってるわけだ。だがそれは、沙希のためになっているといえるのかな。食えないことがわかってる業界に身を投じさせるなんて、保護者にしちゃあまりに酷(ひど)くないか。沙希もあまり幸せそうにみえないけどな」

「ところが、そうでもないんです。沙希は、絶対に辞めたくないというんです。少なくとも、プロになるまでは下積みだと思ってがんばるといってました」

下積み。そんな言葉を口にする十五歳は数少ないだろう。だが、あながち嘘ではあるまい。沙希なら、それくらいのことはいうだろう。

「中卒でマジシャンか」舛城はつぶやいた。「沙希はなんでそんな道を選んだ？」

「わかりません。きいても、なにも答えないのでね。あの子は口数が少ない」

飯倉の光る目が舛城を見つめていた。澄んだ目だった。だが、もとより詐欺師の目は澄んでいるものだ。

近づいてくる足音を耳にした。

舛城が振りかえると、見慣れた中年の男が近づいてきた。「舛城。ちょっといいか」

同僚の水口だった。知能犯捜査班で〝犯罪経理アナリスト〟という新設の役職を務めている。舛城にとって、二課に移ってくる前からの知り合いだった。

「なんだい」舛城はきいた。

水口は警戒心のこもった目で飯倉をちらと見やってから、舛城にいった。「きのうの七億円の盗難の件だがな。詐欺での立件はあきらめたほうがいい」

「なかで話そう」舛城はそういってドアを開けた。

室内では沙希が、浅岸を相手にコインのマジックを披露している最中だった。浅岸はすっかり感心したようすだ。

舛城は水口にきいた。「立件をあきらめろとはどういうことだ」

「これは詐欺に該当しない」水口はにこりともせずに答えた。「窃盗だ。三課の仕事だよ」

「水口、きみの判断か」

「いや。犯罪行為における、容疑者の利益の算出が私の仕事だよ。判断をくだすのは管理官さ」

「その算出結果とやらをきこうか」

「カネが倍増する恩恵にあやかった自営業者・自由業者に対し、吉賀容疑者が投資した額の合計が八億一千百六十四万円。これに対し、昨日区民センターに集まったカネは七億二千二百四十三万円。これが計画的な詐欺だとすると、事前に投資した金額に対し一億円もの赤字がでている計算になる」

「赤字だと……？」

「詐欺としてはなんら利益もでておらず、ゆえにそれが容疑者の犯行目的と見なすことは難しい。そこで、状況からあきらかになっている窃盗および殺人未遂に関してのみ立件するのが妥当と判断された。ま、そういうことだ」

水口がぶらりと部屋を出ていくと、室内にまた沈黙が降りてきた。

舛城は苛立ちを覚えた。理解不能だ。吉賀は、わざわざ損になるとわかっていて犯行に及んだというのか。

「舛城さん」と飯倉が声をかけてきた。

「なんだ」

「そのう、蛇の道は蛇と思ってもらってもかまわないんだが……。被害に遭ったのは自営業や自由業の連中だといってましたね？　カネが倍に増える奇跡を歓迎する輩ってことは、すでに現金に飢えていたってことでしょう」

「ああ、そうだ。クレジットカードやサラ金からは閉めだされ、闇金融に手をつけてるやつばかりだ」

「なら、そういう連中がここしばらく返済をどう考えていたか、察しもつきますね」

そのとおりだ。舛城は額をてのひらで打った。「闇金融なんて契約があってないようなもんだ。たっぷり現ナマがあるところをみせれば、いちいち返済せずにしばらく借りてくれとうわべだけは愛想のいい顔をされるにきまってる。業者にとってはそうしないと、ちっとも利息がつかず儲けもでないからな。あの魔法に酔い痴れてた連中は口車に乗って、返済の手続きをとる手間を省いただろう。最初の借金を、ずっと借りっぱなしの状態で放置した。カネが倍になると信じこんだんだ、金銭感覚は根底から崩れている。しかし、これまでの儲けをすべてかっさらわれた今になって、返済の義務が生じる」

浅岸がうなずいた。「一年も放置したんだ、トサンで借りてれば莫大な金額になります」

「トゴやトトならなおさらだ」舛城は飯倉をみた。「吉賀と闇金融がグルだな？」

「おそらく」飯倉はうなずいた。

「おまえの紹介じゃないだろうな」

「勘弁してくださいよ。私はもう足を洗ったんです」

「吉賀ってやつは、マジシャンとしての経験はあるのか。ずいぶん派手な演出を心がけてやがる」

「きいた話では、若いころはそこそこ活躍したマジシャンだったとか。まあ、話半分に聞かなきゃなりませんがね。どうもマジック業界の連中は、法螺話が好きなようだから」

吉賀の犯行は大胆かつ挑戦的だった。劇場型犯罪でひと旗あげて、マジシャンとして大成できなかった鬱憤を晴らす腹積もりか。

「刑事さん」沙希が話しかけてきた。「わたし、これからも協力できますけど」

「……ああ、ありがとう。もしきみの知恵を借りたいことがあったら、連絡するよ」

「吉賀さんの行方を追うつもりでしょ？　わたしなら、吉賀さんが次にどんな手で来るか予想できるかも」

「そうだな。だから、協力してもらうときには、こちらからきみの施設に電話を……」

「わたし、もっと積極的に関わりたいの。犯罪捜査に」

室内はしんと静まりかえった。

「捜査に？」舛城は当惑とともにきいた。「なぜ？」

「吉賀さんがマジックのタネを犯罪に利用してるのなら、警察はそれを暴くんでしょ？」

「ああ」

「暴いたらそれを、記者発表するわけでしょ？」

「まあ、そういうことになるな」

「それが困るの。マスコミって、平気で手品のタネをばらすじゃない。ギミックコインの製造業者が捕まったときにも、ニュース番組のスタジオでキャスターがしたり顔でシガースルーを披露して、仕掛けを暴露しちゃってさ」

「……そういうこともあったらしいな。複数のプロマジシャンが連名でテレビ局を提訴したそうだが」

「そう。刑事さんはそのこと、どう思ってる？」

「法律に抵触するタネを使うほうが悪いと思うが」

「やっぱりね。わたしたちにとって、タネは死活問題なの。刑事さんにはそのことがわかってない。だから、わたしが事件捜査に協力する代わりに、記者発表していいタネかそうでないかを吟味してあげるからさ、公表するにはそれを踏まえて……」

「おいおい、沙希！　きみは警察の情報開示に口をはさもうってのか？　前代未聞だ。それに、俺ひとりの裁量でどうなるもんでもないよ」

「舛城さん」飯倉がいった。「捜査二課でも株のインサイダー取引などの摘発では、情報の公開に慎重になるでしょう?」

「たしかに、専門家の知識を仰ぐことはあるけどな」

「沙希はマジックの専門家です。しかも、すでに事件捜査に関わっています。意見に耳を傾けるのは、間違ったことではないと思いますが」

舛城は口をつぐんで、真顔の飯倉を見返した。

次いで、沙希に目を移した。沙希もやはり、真剣な表情を浮かべていた。

最後に浅岸を見やる。浅岸は、途方に暮れたようすだった。

むろん舛城も、その気分だった。参った。こんなふうに自分を売りこんでくる少女に警察はどう対処すべきだろう。

闇金

舛城は沙希を連れて五反田のスナック街を歩いていた。夜もまだ早い、酔っぱらいのだみ声も聞こえてこない。会社帰りのスーツ姿や学生らしき若者の往来がある。十五歳の少女を連れて歩くには、ぎりぎりの時間帯といえるかもしれない。

いや、実際には少女を非公式に捜査に協力させることは、法に抵触せずともモラル違反だ。刑事としては最低だろう。

すると、まるで心のなかを読んだかのように、沙希がいった。「そんなに不安がらないで。施設の所長も了承したわけだから、保護者の認可を得て働いてるのと同じだって、飯倉さんも言ってた」

「ああ……。だけどな、沙希。なぜそんなに捜査に協力したがる？　警視総監賞なんて、たいして儲けにもならんよ」

「へえ。いくらぐらい貰えるの？」

「表彰状と紅白餅のほか、金一封は最大でも五万円ぐらいだ」

「五万かぁ。わたしには充分かな。それだけあれば道具も買い放題」

「……ひょっとして、プロマジシャンになるための足がかりと考えてるんじゃないだろうな」

「だったら何？　事件解決して有名になったら、マジシャンとしての地位もあがるかもしれないじゃない」

「やめとけよ。だいたい、どうしてそこまでしてプロマジシャンになりたい？　ほかに道はないのか？」

「さあ……。知らない。わたし、小さいころ親に手品グッズ買ってもらって……なぜかそれが使いこなせるようになったんだよね。暇だったから、練習以外にすることがなかったからかもしれないけど。それ以来、人前で誇れることといったら、マジックだけ。やればとりあえず、人をびっくりさせられる。関心を向けさせることができる。だからやるの」

「マジックはあくまで趣味にしておいて、ほかの職業に就くことも考えられるだろ？」

「ほかのって？　いまから新しいことに手を染めたんじゃ、後れをとるじゃない」

「まだ十五だろ。これからだよ」

「もう十五なの。わたし、負けたくないし。できることって言ったら、これしかないし」

舛城はひそかにため息をついた。少女の心は複雑だ。

とはいえ、沙希が吉賀のトリックのいくつかを見破ったことは明確な事実であるし、石井管理官が意外にも沙希をオブザーバーとして同行させることを認めた以上、彼女を独り帰らせるわけにもいかない。

なにより、吉賀は現在も逃亡中だ。再犯を防ぐためにも、マジックを利用した詐欺を看破しうる専門家の目が必要になる。そして、沙希が適任であることは否定できない。

だが、詐欺師だった飯倉が沙希の里親だったとわかったいま、複雑な思いがこみあげてくる。沙希は飯倉の影響を受けて、道を踏み外したりはしないだろうか。

そもそも飯倉が沙希に親身になっているのには、なにか理由があってのことではないのだろうか。

舛城は沙希にきいた。「飯倉はきみに対して、きちんと大人らしく振舞っているかい？おかしなことはしでかさないか？」

「おかしなことって？」沙希はさらりといった。「援交とか？」

「そういうわけじゃないが……」

「ねえ」沙希はいたずらっぽく笑った。「たぶんわたしたち、そう見られてるかもよ」

いな人っていえば、そうなのかな」
「ご心配なく。飯倉さんは日曜にやってきて、お昼をごちそうになるだけ。お父さんみたいな人っていえば、そうなのかな」

「小遣いとかはくれないのか」
「くれるっていったけど、断わった。だってわたし、ちゃんとお仕事があったんだし。しかもその職場は、飯倉さんがオーナーでしょう？　お給料以外のおカネを受け取ったら、ほかのアルバイトの人たちに悪いじゃない」

しっかりしている。外見や言動が大人びているだけでなく、心も育っている。そういう境遇に置かれた人間の強みだろう。

行く手に、目的の店が見えてきた。

スナックとパチンコ店のあいだにある細いビルの入り口、〝新国金ローン〟と記された看板がある。

壁に無造作に貼りつけられたチラシには「五十万円まで無審査、自社貸付」とあり、その下に小さく「一万円を毎日わずか二十五円の利息で貸付ＯＫ！」と記してある。

わずか二十五円と少なく思わせているが、計算すれば年利九十パーセントの高利貸しだ。しかも、おそらく業者の実態はそんなものではないだろう。

携帯電話をとりだし、一八四を押して番号非通知にしてから、チラシに記載されている番号を押した。

呼び出し音三回で相手がでた。野太い声が応じた。「はい」

店名を告げないのは闇金融の業界では当たり前のことだった。舛城はいった。「あのう、広告をみたんですが」

「いくら借りたい」と相手がきいてきた。

「五十万」

「五十万ね。ま、うちも五十万までなら無審査でやってるからね。とにかく、事務所のほうにきてよ」

「うかがいます」舛城は電話を切ってから付け加えた。「いますぐにな」

「刑事さん」沙希がきいた。「ここは？」

「吉賀の共犯と思われる闇金融業者だ。カネが倍になると思いこんだ自由業者や自営業者たちは、みんなここでカネを借りていた。事前に売りこみがあったんだな。いまは吉賀に全額持ってかれたために、くだんの自由業者と自営業者たちは泡を食ってる。ここへの返済義務が残ってるからな」

「わたしはなにをすればいいの？」

「それがな。どうもこの店は、カネを借りさせることについてはとんでもない魔力を秘めてるらしい。いかにカネに困っていても闇金融にはなかなか手をださないのがふつうだが、ここを訪れた連中はほとんどが即金ばらいに応じてる。吉賀の息がかかってるんだ、なんらかのトリックがある可能性が高い」

「それを見破れって？」

「そういうことだ」舛城は階段に足をかけた。「いくぜ」

「ちょっとまって」沙希がいった。

舛城は振りかえった。「どうした」

沙希の目が、舛城の胸もとに向いていた。「そのネクタイ。どこで買ったの？」

「これか？　女房にプレゼントされたものだが」

沙希はやれやれといった顔をして、舛城の喉もとに手を伸ばした。沙希の器用な指先がするりとネクタイの結び目をほどいた。「このネクタイ、プラダでしょ？　こんなのつけてる人がおカネに困ってるわけないじゃない。その腕時計もはずして」

「そうか、気がつかなかったな」舛城はいわれるままにネクタイをはずした。

あいかわらず、十代半ばであることを忘れさせる観察力と思考の持ち主だった。

舛城はいった。「女房以外の女にネクタイをはずされたのは、これが初めてだ」

沙希は笑った。「奥さんに報告する？」

「いや。遠慮するよ。殺されかねないんでね。じゃ、いくか」

狭い階段を上りながら、沙希は舛城の背をじっと見つめていた。飯倉よりもはるかに大きな背中。かすかに記憶に残っている、父親の背もこんなふうに大きかったように思う。いや、当時の自分はもっと小さかったのだ、そう感じられるにすぎないのだろう。沙希はぼんやりと浮かびあがりかけた記憶を打ち消した。

この刑事が、信用できる大人かどうかはわからない。

もとより、大人なんて頼るべき存在ではない。心を通わせようと近づいたら、利用されるのがおちだ。

大人なんて……。

舛城が立ちどまった。「ここだな」

踊り場に面したドア一枚、〝新国金ローン〟と小さな看板が掲げてあるほかには、なんの装飾もない。

開けられたドアの向こうには、驚いたことに大勢の人間がいた。たくさんの靴が投げだされた向こうは、六畳ほどの広さの部屋になっていて、中年の男女が列をつくっている。

会話はなく、ただ黙々と並んでいる。

八割がた男性だが、なかには赤ん坊を抱いている女性もいた。列は部屋の奥の開け放たれたドアにつづいている。

浅黒い顔の、一見して組関係者とわかる男が舛城に目でたずねてきた。

舛城は男に告げた。「カネを借りにきたんだが」

「靴を脱いで、列に加わんな。待ち時間は、さほどでもねえ」

列に加わると、沙希はささやいた。「刑事さん。ネクタイはずしてよかったね。ぜったいチェックされてたよ」

「そうだな」舛城は小声でいった。「なあ沙希、ちょっと頼みがある」

「なに？」

「ここでは刑事さんと呼ぶのはよしてくれ。連中にとっちゃ、その職業名は刺激的すぎる。名前で呼んでくれ」

「了解」沙希は笑ってみせた。「舛城さん。それとも、舛城のおじさんっていったほうがいい？　なんならパパとかのほうが、それらしくみえるかも」

「調子に乗りすぎるな。舛城さんでいい」

「わかった。舛城さん」

　そのとき、壁ごしに怒鳴る声が沙希の耳に届いた。

　いやに明瞭にきこえる。壁と思われていた部分はパーティションにすぎなかった。広い部屋を分割してあるのだ。

　パーティションの隙間から向こう側が覗ける。舛城が顔を近づけた。沙希も隙間を覗きこんだ。

　事務用デスクがふたつ並べられて、受付カウンターの体をなしている。それぞれに、いかつい男がひとりずつ座って客をあしらっていた。客はこちらに背を向けて座っているが、地味な服装で身をちぢこまらせたさまはひどく哀れにみえる。

　沙希にはわからないことだらけだった。「ねえ舛城さん。ここっておカネを借りにくるところなの？　テレビでコマーシャルしてる、なんとか信販とかそういうの？」

「それは街金だ。表の業者だよ。昔はサラ金といったな。二十五年前にサラ金規制二法、正式にゃ貸金業規制法と改正出資法って呼ぶんだが、そいつが施行される前は、表も裏もなくみんな高利貸しの悪徳商売だった。いまは表と裏にわかれてる。ここは、裏の業者ってわけだ。ま、くわしいことは知る必要はない。きみの歳ではな」

「子供扱いしないでよ。わたしだって……」

すか」

「しっ。なにか喋(しゃべ)ってるらしい」

聞き耳を立てると、パーティションの向こうから声がきこえた。「十日で二割の利息で

「トニか」と舛城がつぶやいた。

沙希は隙間から向こうを覗いた。

事務デスクの向こうにいる男が客に告げる。「そう。あなた二十万円の融資ってことだから、十日に四万の利息がつくわけ」

客がぼそぼそと応じる。「なんか、その、ちょっと高くないですか」

「うちは無審査だからね。あなた、いろんなところから借りまくってるだろ。ブラックリストに載ってると、あちこち回ったところで、片っ端から断わられるのがおちだよ」

「ブラックリストですか」

「そう。うちみたいな業界はね、みんな共通のブラックリストみたいなのが出回ってるの。見せようか」

男はノートパソコンを開き、画面を客に向けた。名簿らしきものがスクロールしている。

「ほら」と男はいった。「このなかに、あなたの名前ない?」

客はしばし画面を見つめていたが、やがて驚きの声をあげた。「ある」

「だろ？　じゃ、サラ金からもキャッシングからもはじかれちまうだろうな。この名簿は、あらゆるところに出まわってるからな」

　客はかなりの衝撃を受けたらしい。震える声でたずねた。「ここでは、貸してもらえるんで？」

「貸すよ」男は引き出しから一枚の書類をとりだすと、客の前に置いた。「ここにサイン。印鑑は持ってきてるね？　それをここに押して」

「免許証、見せたほうがいいですよね」

「いや、いらないよ。あんたを信用する」男は一万円札の束を取りだした。「はい。十六万ね」

「十六万？」客は不満そうにいった。「二十万のご融資をいただけると……」

「最初の十日間の利息は天引きになってるんだよ。だから四万引いて十六万」

「そのう、現金で二十万ないと困るんですが……」

「じゃ、もうちょっと借りなきゃ」男は電卓をはじいた。「二十八万でどう？　それなら五万六千円の天引きで、二十二万四千円を現金で渡せるけど」

「……それでお願いします」

　ふいに声がかかった。「お客さん。困りますね」

沙希は身体をびくつかせた。

振り返ると、さっき玄関で応対した男が、いかめしい顔をしてたたずんでいた。

舛城が身を引いた。「ああ、すまん」

男は舛城をじろりと横目で見やると、パーティションをずらして隙間をふさぎ、立ち去っていった
列がゆっくりと進んだ。沙希は舛城とともに歩を進めた。

やがて、舛城が辺りを見まわしてから、小声でささやいてきた。「どうもヘンだ」

「なにが？」と沙希もつぶやきかえした。

「さっきの取り引きを見たろ？　業界のブラックリストとやらを客に見せてた。客は、そのなかに自分の名前を見つけたみたいだった。だが、どうもわからない。あんなブラックリストが存在するなんて話、いままで聞いたことがない」

「ブラックリストって、存在しないの？」

「いや、それぞれの業者の個別のリストは存在する。でも、業界全体のリストっていうと、あるわけねえんだ。銀行とサラ金は情報交換なんかしてないし、信販会社とサラ金のあいだにもつながりはない。銀行だけなら全銀協、サラ金だけなら全情連、クレジットの類いならCICと、それぞれ信用情報のチェック機関があるんだが、これらには横のつながり

はねえんだ。あるように世間に思わせてるだけでな。だから、銀行やキャッシングで多額の借入金があるってことは、ここではわかるはずがねえ」

「でもさっき、そういう共通のブラックリストを見せてたんでしょ？」

舛城はうなずいた。「ふつう、口先だけのはったりで客を脅すもんだが、本当にリストをみせるとなるとな……。それも客の名前が載ってるなんて、考えられねえ」

「ハッタリのリストかな。事前に免許証かなにかで名前をチェックして、コンピュータに入力しておいたんじゃないの？」

「ああ、俺もそれは考えた。だがさっき、客は免許証を見せようとしたのに店側が拒んだだろ？　事前に免許証を見せたのなら、あんなやりとりはないはずだ。知らないはずの客の名前を、どうやってリストに入っているようにみせたか……」

そのとき、パーティションごしに怒鳴り声が響いてきた。「返せんとはどういうことだ」

「だから」女の声が応じた。「さっきもいったでしょう。返すつもりだったんですけど、きょう銀行にいったら、預金がなくなってて……」

「預金がなくなった？　なんだよそりゃ。あんた、クレジットカードで買い物でもしまくったんじゃねえのか」

「してませんよ、そんなの。銀行のキャッシュカード、こちらに預けておいたじゃないですか。信用調査だとかいって」

「……さあ。そんなのはしらねえな」

「キャッシュカード、預かるっていったじゃないですか。それであなたが、おカネを引き出したんじゃないですか？」

「おいおい」男の声に怒りの響きがこもった。「うちが盗みを働いたとでもいいたいのか。キャッシュカード置いてったって、暗証番号はどうやってわかるんだよ。だいたい、うちはカードを預かったりなんかしねえ。出てけよ。早く出てけ！」

列に並んでいる大人たちの反応は冷ややかだった。自分には無関係のことだ、そんな態度がにじみでている。いつ自分の身に降りかかる災難かもしれない、そんな危惧など、まるで感じていないかのようだった。

舛城が沙希にささやいた。「やれやれ。トラブルの多い店みたいだな。もっとも、そのほうがこっちにとっちゃ好都合だが」

沙希はきいた。「キャッシュカードで信用調査って？」

「ありえないな。女はだまされたんだろう。印鑑を持ってこなかったかなにかで、代わりに身分証明書の提示を求められ、それもなかったから銀行のキャッシュカードを貸せといわれた。ふつうじゃ応じないだろうが、借金に追い詰められた崖っぷちどもの集まるところだからな。妙な要請にも応じちまうんだろう」

「女の人がいってたこと、本当かな。カードで預金を引き出されちゃったって話」

「暗証番号がどうやってわかるのか疑問だが、もし本当なら、窃盗の容疑もプラスされるってわけだ」

牛の歩みのように遅い列の進み具合に辟易(へきえき)しながら、沙希はこの異常な金貸しのからくりを考えていた。

ブラックリストは存在しないはずだと舛城はいった。ないはずのものがある。つまりそれは、本物ではない。どうやれば、客に自分の名前があると錯覚させられるだろうか。リストにありそうな名前を並べたてておいて、偶然客の名前が一致するのを待つというのはどうだろう。いや、苗字(みょうじ)だけならともかく、フルネームで同姓同名の一致となると確率はきわめて低い。ほかに方法があるはずだ。百パーセントに近い方法が。

列がゆっくりと進み、戸口から廊下に達した。裸電球に照らされた短い廊下には十人ほどが待機していた。ところが、その廊下に並んでいる人々は妙な作業に追われていた。クリップボードを手にして、書類になにかをしきりに書きこんでいる。

さっきとは別の男がやってきて、舛城にクリップボードを手渡した。「これに記入してくれ」

きいていたが」

舛城は眉をひそめて男を見かえした。「住所や名前、職場まで書くのか？　無審査だと

「もちろん、おたくのプライバシーに立ち入るつもりはないよ。その書類は記入したら、だいじに保管しておいてくれればいい。こっちに見せてもらう必要はない」

「じゃ、なんで記入が必要なんだ」

「全額返済したときに提出してもらうのさ。契約書を破棄するために、名前を確認しなきゃならないんでね。とにかく、契約までは名前を聞いたりしないから、安心しなって」男は舛城の肩をぽんと叩くと、立ち去っていった。

舛城は首をひねりながら、クリップボードに備えつけてあったボールペンを手にとった。

「おかしな話だな。返済のときに書類を提出しろなんてな。だがとにかく、いまこの紙を見せずに済むんなら、俺の名前は連中にばれないわけだな。コンピュータにインプットするなんて、できないわけだ」

「まって」沙希はいった。気にかかることがある。「それを貸して」

舛城は妙な顔をしてクリップボードを差しだした。

それを手にとった瞬間、沙希の疑問は氷解した。「なんだ。こういうことだったの」

「どうした。なにかわかったのか」

「ええ、舛城さん。マジシャンがお客さんに数字とか文字とか書かせて、その紙を見もしないで、言い当てるって現象があるでしょ」

「マリックさんがよくやってたやつか」

「そう。正しくはメンタル・マジックというジャンルで、いかにも超能力的なパフォーマンスをみせることが目的なの。このクリップボードがそのタネ。メンタル・マジックに必需品の商品で、マジック・プロムナードでも六千五百円で売ってる」

「なに？　これがか」

沙希はクリップボードから紙を外した。

このクリップボードは一見木製にみえるが、触れると木目状の壁紙シールが表面に貼りつけてあるだけだとわかる。が、ふつうこのマジックをみせるとき、客はそこまで注意を払わない。この場でも、おそらくそうだろう。

壁紙シールの縁を爪で起こし、びりびりとはがしていった。タネの構造は手にとるようにわかっていた。

アクリル製の板に、縦横幅がやや小さめのカーボン転写用紙を置いて、その上から板にぴったりのサイズの壁紙シールを貼る、ただそれだけのしろものだった。原価は千円に満たない。それが六千五百円で売れる。マジック用品とは、すべてそんなふうに成り立っている。

壁紙シールと転写用紙は貼りついたままはがれた。残る白い板には、舛城が書類に書きかけた記入事項がくっきりと写っていた。

舛城が打ちのめされたような顔を沙希に向けた。「これだったか」

「そう」沙希はうなずいた。「書類に名前を書かせて、各自に持たせる。クリップボードは回収する。こっちが列に並んで待たされるあいだに、たぶん裏で誰かが壁紙シールをはがして名前を確認し、LANケーブルで接続されてるパソコンのリストに入力する」

「カネを借りたくてうずうずしている連中だ、こういう場での書類に嘘は書かない。偽名でなくちゃんと本名を書くだろう。しかし、客はその書いた名前を見せていないと認識してるから、パソコンのリストに自分の名前が現れてびっくりするってわけだな」

「それに、見て。この書類にはこんな設問もあるわ。契約内容の問い合わせに必要になりますので、自由にきめた四桁の暗証番号を記入してください、だって」

舛城は小刻みに何度もうなずいた。「うまいやり方だな。いくら紙を見せずに済むといっても、キャッシュカードの暗証番号を書けといわれたら客も警戒する。だが、自由に四桁の番号を書けといわれればな。いまの世の中は四桁の暗証番号だらけだ、キャッシュカードにクレジットカードの問い合わせ用、携帯電話の問い合わせ用、ピッキングやコピー不能のカバスター・キーの複製出願用。ばらばらにすると覚えきれないから、ぜんぶ一緒の番号にしている人間が多い」

「ええ。だから、ここにキャッシュカードの暗証番号を書きこむ人も少なくないはずね。さっきの女の人みたいにカードを貸してしまうと……」

「カネを下ろされちまうってわけだ」舛城は手を差しだした。「そいつを貸してくれ」

「どうするの」

「まかせときな。こんな詐欺行為がまかりとおるってのは、どうも許せねえ」舛城はそういうと、クリップボードの壁紙シールを元通りに貼り直した。

沙希は廊下にいる人々に目をやった。

いくら小声でささやいていたとはいえ、舛城とのやりとりは聞こえなかったはずがない。それでも、人々はただ黙々と書類への記入をつづけている。沙希の言葉をきいていないというより、意識から閉めだしているというほうが的確に思える。

ほどなくして、さっきの男が現れてクリップボードの回収をはじめた。人々はだいじそうに書類を折りたたみ、ポケットや財布にしまいこんだ。

舛城もなにくわぬ顔でクリップボードを男に返した。

ひとりの中年の客が沙希をふりかえった。怪訝（けげん）そうに沙希をじっと見てから、また前に向き直った。

　こちらの会話が気がかりになっているのだろう。それでもその客は、列を離れようとはしなかった。

　無審査でカネを貸しつける業者、その存在を疑うことすら、彼らにはためらわれるのかもしれない。借金に追われ、心の拠り所を失ったいま、救いと信じた道が閉ざされるのを恐れているのかもしれない。

　大人になんかなりたくない。沙希はひそかにそう思った。

　舛城はやっとのことで〝新国金ローン〟の窓口にたどりついた。ずいぶん待たされた。ため息とともに事務用椅子に腰をおろす。隣りには沙希が座った。

　窓口となるデスクの男は、パーティションの隙間から見たときと同じ顔だった。ワイシャツの胸もとをはだけ、ネクタイはなかった。近頃の都内のヤクザは眉を細く剃るのが流行りだが、この男も同じようにしている。浅黒い顔は、日焼けサロンで焼いたとおぼしき不自然な色合いで、これもチンピラ風情に特有のファッションといえた。

　男は眠たげな目つきを舛城に向けてきた。「きょうは、いくら？」

舛城はいった。「五十万お願いしたい」

「十日に二割の利息でどう。それなら担保も保証もいらないし、無審査で、いま現金持って帰れるけど」

「二割ねえ。十日で十万も利息がつくことになるな。一日一万、ひと月で三十万。そりゃちょっときついな」

「いやなら、やめることだな」男はちらと沙希を見ると、にやりと笑った。「このお嬢ちゃんと豪勢にいきたいってんなら、思いきって借りてみるべきじゃないかね」

「思いきるのはいいが、トニの高利貸しと知ってれば、こんなとこには来なかったな」

トニという業界用語を出されたからだろう、男の顔が硬くなった。「あんた、どういう素性の人で？」

「どうって、みんなと同じさ。あちこちで借りて大変な思いをしてる、それだけだ」

「じゃ、うち以外じゃ借りられないってことだな。業界のブラックリストに載ってるだろう」男はノートパソコンの画面を舛城に向けた。「このリストを良く見てみろ、あんたの名前も、きっとあるはずだ」

目当ての名前はすぐに見つかった。舛城はいった。「あった」

「うちで借りたほうがいいだろ？」

「いや。そうは思わん」

男は眉間に皺を寄せた。「どうしてだ」

舛城はふっと笑った。「こりゃいい。ふつう、詐欺の立件ってのはただでさえむずかしいんだ、材料がそろわないんでな。ところがおまえさんのところは、自分たちで証拠をそろえてくれる。二課にとっちゃ夢の現行犯逮捕ってわけだ」

「二課だと」男の顔に警戒のいろがひろがった。「いったいなんのことだ」

「見なよ、このリストを。剛田武って名前があるだろ。気づかねえか？　これはドラえもんにでてくるジャイアンの本名だぜ？　むろん俺の名前じゃねえ。ただし」舛城はポケットから、書類をとりだして広げた。「これがなんだかわかるな？　さっき廊下で書かされたこの紙に、俺は剛田武と書いておいた。こんな名前、そうあるもんじゃないぜ。この紙に、このパソコンのリスト。みごとな物証だな。もうなにをいいたいかわかるだろ」

男が顔をひきつらせた。隣りのデスクの男が、跳ね起きるように立ちあがった。

「動くな！」舛城は一喝した。

その声を聞きつけたらしい、さらにふたりの男が部屋に駆けこんできた。玄関にいた男と、廊下でクリップボードを回収した男だった。ふたりは殺気を漂わせながら舛城の背後に立った。

「まさか飛びかかってくるんじゃないだろうな」舛城は警察手帳をだしてデスクに置いた。「詐欺以外にも容疑を増やす気か」

男たちの顔に怯(おび)えのいろが浮かんだ。

隣りのデスクにいた中年の客も、あんぐりと口をあけてこちらを見ている。廊下で待機中の客たちも、なにごとかと戸口をのぞきこんでいる。

正面に座った男が目をむいて、震える声でいった。「刑事さんかよ」

「そういうことだ。おまえさん十日で二割とかいったな。出資法で定められた法定金利を軽く上まわってるな」

「勘弁してくださいよ。いまどきトニなら低金利なほうです」

「闇金は闇金だ。それに、姑息(こそく)なトリックを使って客を契約に追いこむのは感心できねえな」

「あれは、俺が考えたわけじゃない」

「ほう、誰だ」舛城はたずねた。

男が気まずそうに視線を逸(そ)らした。

舛城は身を乗りだして男の胸ぐらをつかんだ。「吉賀欣也はどこにいる」

「し、知らねえって。きのうやばいことになったってんで、それ以降連絡はとってねえ」

「なら、連絡をとろうと思えばとれるんだな？　方法は？」

「刑事さん。頼みますよ、組に迷惑かけるわけにゃいかないんです」

「話は応援がくるまでの間に、ゆっくりきいてやる」舛城は男を引き立てると、壁ぎわに突き飛ばした。「そっちへ並べ。妙な真似はせずにおとなしくしてろよ。それからお客さんがたも、いましばらくご辛抱願います」

客たちのざわめきのなか、四人のチンピラたちはすごすごと壁ぎわに立ち並んだ。あっけないものだった。どこの組かはわからないが、たぶん下っ端だろう。引っ張られても組には支障がない、トカゲの尻尾切りの対象となる連中にちがいない。

舛城は沙希を見た。沙希の目が舛城を向いた。その顔が微笑に変わり、指先にはVサインがあった。

取材

夜の五反田に、パトカーの赤いサイレンが波打っている。

四台連なったパトカーに、制服警官たちが容疑者をひとりずつ乗せていく。通りには野次馬の人垣ができあがっていた。

舛城は〝新国金ローン〟の看板がかかったビルの入り口に立ち、その光景を眺めていた。

「舛城さん」浅岸が駆け寄ってきた。

「おう。早かったな」

「吉賀について、なにかわかりましたか」

「あるていどのことは自白した。だがちょっと予想に反してたな」

「どういうことです」

「俺はこの闇金融が吉賀の共犯だと思ってた。ここで自営業者たちにカネを借りさせ、カネが倍に増えるっていう甘い夢を見させておいて、全額を没収し、多額の返済を背負わせる。そんな詐欺師のコンビ技だと思ってた」

「違ったんですか？」

「ま、間違いってわけじゃなかったんだが、同格の共犯ではなかったんだな。この闇金融を運営していたヤクザどもは、カネが倍になる一連の詐欺については知らなかったらしい。あとで礼金を吉賀に払う約束になってた、それだけのことでな」

「つまり、犯行の全容を知らされないまま、片棒を担がされてたってわけですか」

「そうだ。吉賀がマジック・プロムナードのアルバイトたちを使って犯行を企てたのと同様に、この闇金融の連中も利用されてた。吉賀のやつ、あちこちの組事務所やらヤバ系の金融業者らに片っ端から電話をかけて、詐欺に使えるトリックを売りこんでたらしいぜ」

「もともとマジックのために開発されたタネを、詐欺師たちに売りまわったってんですか。詐欺に使うための実践法を教えながら」

「そうとも。しかも、それぞれの詐欺の犯行が組み合わさって、胴元の吉賀は儲けをひとりじめってわけだ。とんでもない狸だな」

浅岸がビルを見あげた。「じゃ、ここは吉賀に踊らされてた詐欺師グループのうちのひとつにすぎないってわけですね」

「そういうことだ。ほかにもいるにちがいない。吉賀からトリックの指南を受け、実践してる詐欺師たちが。……おい、ちょっと待て。沙希はどこだ?」

「さあ?」

群衆のなかに目を凝らすと、野次馬たちの輪の中心に沙希の姿が見えた。

明るいライトに照らされている。テレビの取材班だった。カメラ、照明、音声の三人のスタッフが、沙希をうやうやしく囲んでいる。

白く照らしだされた沙希の横顔は輝いていた。

「通してくれ」と舛城は人を掻き分け、沙希に近づいていった。

沙希にマイクを差しだしているのは、見覚えのある顔だった。けさ本庁で会った、たしか牧田という名のレポーターだ。

「なにしてる」舛城は怒鳴った。

目を丸くした沙希がこちらを見た。

牧田の顔には、まだ談笑のままの笑いがとどまっていたが、すぐにその表情が凍りついた。とめてくれ。カメラにそういうと、照明が遠ざけられた。

「こんばんは」牧田は笑顔を取り繕った。「舛城警部補、けさほどはどうも」

「こりゃいったい何の真似だ。沙希、勝手に取材を受けつけるな」

牧田がいった。「それは彼女の自由でしょう?」

「あのな」舛城は牧田を振りかえった。「この子には任意で協力してもらってるだけだ。それに未成年者だぞ」

「これはあくまで取材ですが、百歩ゆずって彼女の仕事と解釈されるにしても、まだ十時前です。問題はないでしょう？」

「まあ、な。しかし、捜査に関することは……」

「ご心配なく。明日の記者発表の内容と照会して、問題のない部分を抜粋します」

牧田は笑った。上機嫌な顔の裏に、商売になりそうなネタをつかんだという満足感が見え隠れしていた。

舛城はぐうの音もでなかった。現状では、取材を差しとめさせる法的な根拠は見当たらない。そして、沙希がみずから望んで取材を受けている以上、インタビューの内容を検閲することなどできない。

「早く済ませろよ」舛城は沙希にいった。「向こうで待ってるからな」

「はい」沙希はそういってうなずいた。

ふたたび、沙希の顔に照明が向けられた。沙希の目はきらきらと輝いていた。陽の光を受けた花のように、生気に満ちてみえた。

そこには自然な笑みがあった。舛城に見せたことのない、一片の曇りもない笑顔だった。

ムーブメント

捜査一課の初動捜査から解放されてしばらく経つ。金融詐欺の捜査が専門の二課では、死体が放つ特有の酸っぱいにおいを嗅がずに済む。

だがそんな日々もきょうで終わりだった。舛城は手袋をはめて、黄色いテープをくぐった。

現場は、新宿二丁目の雑居ビルの地下ボイラー室だった。すでに鑑識が指紋の採取に入っている。現場写真の撮影に焚かれるフラッシュが目に痛い。

朝四時、叩き起こされて現場に飛んできて、悪臭を吸いこむ。かつての職場に舞い戻った、そんな実感があった。

捜査員の顔もお馴染みの面々だった。舛城はそのなかのひとりに声をかけた。「やあ、香取」

以前に捜査一課で何度も組んだ香取は、にこりともせずにいった。「おう、舛城。来たか」

「ホトケは？」

「その隅だ。消火栓の陰になってる」

舛城は部屋の奥をのぞきこんだ。床を覆うシーツは死体の体積だけ浮きあがっている。

「見ていいか」と舛城はきいた。

「ああ。一課じゃないからって、誰もおまえを阻止したりしねえよ」

ありがたくない話だ。舛城は憂鬱な気分で床にしゃがみ、シーツをまくった。

すでに無線で聞いていたが、実際に死体をまのあたりにすると、愕然とせざるをえなくなる。

吉賀欣也……。

だらしなくワイシャツの襟もとをはだけ、皺だらけのスーツを着こんだ中年の男。銀座の小劇場で見た吉賀に間違いなかった。

首にはまだ、ロープが巻きついたままになっている。首すじは血まみれだった。無数の引っかき傷ができている。

舛城はつぶやいた。「吉川線か。ロープを外そうとして首もとを掻きむしったな」

「そう。自殺に見せかけた他殺の疑いがあるってことよ」

「犯人は天井のパイプにロープを通して、吉賀を引っ張りあげた……。腕力に自信のある奴じゃねえと無理だな」

「ここに吉賀が長く潜伏してたようすはない。死亡推定時間である午前三時ごろの少し前に、ボイラー室に降りてきて、絞殺されたわけだ。つまりは……」

「ああ。人目を避けて誰かと密会する約束だったわけだ。ここでな。それ以外にゃ理由は考えられねえ」

物言わぬ死体となった吉賀を、舛城はじっと見つめた。

一連のマジック詐欺の主犯と目された、都内のあらゆる詐欺師にマジックのタネを売りまわった男が殺された。

着ている物は粗末なままだ。とても大金をつかんだ男には見えない。

すべてを牛耳っていた真犯人は別にいるということか。だとするのなら、該当する人物はひとりだけだ。

飯倉義信。あいつしか考えられない。

そのとき、小走りに駆けこんでくる足音があった。

先に現場に来ていた浅岸が声をかけてくる。「警部補、ちょっといいですか」

「どうした」と舛城は立ちあがった。

浅岸は通路にでると、階段をあがって、地下一階の管理人室に先導していった。

舛城がその部屋に入ったとき、浅岸はつけっぱなしになっていたテレビを指さした。

映っていたのは、昨晩の現場だった。新国金ローンが入っていた雑居ビル前、五反田の歓楽街だった。

大勢の取り巻きのなか、インタビューを受けている少女がいる。里見沙希だった。

舛城はリモコンを手にとり、ボリュームをあげた。

「では」牧田の声が聞こえてくる。「先日の、中野区民センターの事件を解決したのも、あなただったということですね」

「……解決っていうか」沙希は戸惑いがちに応じた。「マジシャンには特有のものの考え方があって、その筋道で考えたら、たまたまそれが真実だったというだけで……」

「でも、きょうこの闇金でも警察に捜査協力を依頼されたんでしょう？」

「ええ、わたしのほうとしても、お役に立てればと思って申しでたので……」

「闇金業者はマジックのタネを応用して、客の名前を読みとっていたわけですよね？　まったく恐ろしいことです。いったいどんなトリックだったんですか？」

「タネを明かすわけにはいかないんです。多くのマジシャンに迷惑がかかりますし」

「そうですか。いやしかし、警視庁の捜査本部が手をこまねいている難事件を、あなたがひとりで次々と解決に導いているとは、驚きです」

　画面の隅に表示されているテロップに、舛城はようやく気づいた。〝天才少女マジシャン　凶悪詐欺事件を続々解決〟

　ふしぎなものだった。ごくふつうの女の子であるはずの里見沙希が、テレビの画面を通すとカリスマ性を感じさせる特殊なキャラクターに見えてくる。いや、カリスマ性は最初から彼女には備わっていた。テレビは、それを極端なまでに増幅させる。虫眼鏡のように小さなものを大きくみせる。

　すばやいカットの切り替わりで、沙希をとらえた映像が次々と画面に現れた。登校中の沙希。ファーストフードでハンバーガーを食べようとする沙希。駅のホームにたたずむ沙希。アイドルのプロモーションビデオさながらのその映像に、ナレーションがかぶった。「里見沙希ちゃんは現在十五歳。夢は世界で活躍するプロマジシャンになることだそうです。現在も、先輩マジシャンである出光マリさんのショーで助手をつとめているとのこと。銀座アイボリー劇場、夜八時から……」

「なんだ!?」舛城は面食らった。「報道番組のくせに、ごていねいに営業活動の告知までついているとは。こんなものいつ撮った?」

浅岸がため息まじりにいった。「あの牧田ってレポーターが尾(つ)けまわしたんでしょう。もう接触してたのかもしれません」

すると、沙希が捜査協力を申しでたのもそのせいか。牧田にそそのかされて、自分の名を売る絶好の機会と踏んだにちがいない。

「まずいな」舛城はつぶやいた。「マジック詐欺の黒幕は吉賀じゃなく、ほかにいる可能性が高い。タネを見破って事件を未然に防いでいるなんて、マスコミで公言したら……」

「ええ」と浅岸がうなずいた。「彼女の身が危険ですね……」

主犯は飯倉だろうか。まだわからない。飯倉は沙希を溺愛(できあい)しているような口ぶりだった。けれども詐欺師の言葉には、信憑性(しんぴょう)などかけらもない。

トリック。右にでる者のいない沙希の才覚。その行方はどこに向かっているのだろう。唐突にしめされた沙希の行動に、舛城は動揺を覚えざるをえなかった。

プロマジシャン

銀座和光の時報がきこえた。午後七時。

舛城は銀座アイボリー劇場へと上るエレベーターに乗りこんだ。いちおうテレビでの告知があったとはいえ、ここは銀座だった。新宿や渋谷ならいざ知らず、あのていどのことでは人は集まらないだろう。

そんな舛城の思いこみは、エレベーターの扉が開くとともに崩れ去った。

狭い客席は満員の人だかりで騒々しかった。熱気が辺りを包む。こんなビルだ、空調も正常に作動しているか疑わしい。にもかかわらず、会場を埋め尽くした若者たちは危険などまったく意に介していないようだった。談笑する声が渦となって客席に響きわたり、ときおり弾(はじ)けるようにあがる嬌声(きょうせい)が耳をつんざく。

沙希と同じく十代の若者が中心になっていた。男女の比率はほぼ半々、銀座のさびれた小劇場という印象はどこへやら、渋谷のクラブかライブハウスのような様相を呈している。

舛城に駆け寄ってきたのは牧田だった。その顔にはにやついた笑いがあった。「どうも、舛城警部補。こんなところにおいでとは」

「それはこっちの台詞(せりふ)だよ」舛城はうんざりしていった。「見違えるような盛況ぶりだな。テレビの力ってわけか」

「とんでもない。世間じゃテレビでひとたび宣伝すればたいへんな効果があると思われてますが、そんなことはないんですよ。アイドル歌手のイベントにさんざん告知を打ったのに、集まったのは十人足らずなんてことはざらです。これだけの瞬発的な反響があるのは、まぎれもなく沙希ちゃん本人の力ですよ」

フロアにはカメラのクルーがいた。こんなところまで追いかけるとは、おそらくけさの放送が好評だったのだろう。

舛城はいった。「十五歳の少女をたぶらかして独占取材か。社会部じゃなかったのか？報道記者が聞いて呆(あき)れる」

「私は視聴者に真実を伝えているだけですよ。金メダルのフィギュアスケーターは国民にとってヒロインですが、沙希ちゃんはその上です。難事件に立ち向かう名探偵ですからね」

「よしてくれ」舛城は吐き捨てて、牧田のもとを離れた。

それにしても、これだけ大勢の人間が沙希ひとりを観るために集まったのだろうか。信じられない光景だ。舛城は人混みのなかを歩いた。

そのとき、甲高い女の声が耳に入った。「冗談じゃないですよ、こんなこと!」

客席の隅で、大人たちが輪になっている。声をあげたのは出光マリだった。メイクの途中で楽屋をでてきたのだろう、ステージ衣装を着てはいるが、頭にはカーラーがいくつもついたままになっていた。

信じがたい光景だった。ショーの主役が客席にでて大声を張りあげているにもかかわらず、観客はまるで無関心だった。一瞥をくれる若者ひとり見当たらない。

円陣のなかには飯倉の姿があった。ほかの男たちは知らない顔ばかりだった。

マリは舛城に気づいたようすで、すがるようにいった。「刑事さん。ひどいんですよ」

「どうかしたのか?」と舛城は飯倉を見た。

飯倉はため息まじりにいった。「こちらのテレビ局の方々が、沙希のステージマジックを収録したいというんです」

ディレクターらしき髭づらの男がいう。「これだけお客さんが集まったんだ、沙希ちゃんのステージをみせるのが妥当だと思いますよ」

「まってよ」出光マリは怒りをあらわにした。「あの子はまだしろうとなのよ。それにここは、私のショーなの。なんであの子に、ショーをゆずらなければならないの」

「だからいってるでしょう。あなたにショーをおこなうなとはひと言もいってない。あなたのショーの前座に、ほんの五分だけでいい、沙希ちゃんにマジックを演じさせてくれといってるんです」

「だめよ、そんなの。やるなら、わたしのあとにしてちょうだい」

「メインのあなたが、しろうとの沙希ちゃんより前に演じるので？」

「ええ、そうよ。そうしてあげるわ」

舛城には、マリの腹のなかは読めていた。おそらくテレビ局の連中も同様だろう。沙希が先に演じたのでは、客に帰られてしまうことは目に見えているからだ。

「だめですよ」別の男が告げた。「沙希ちゃんはすでに舞台のセッティング中です。彼女が演じてからでないと、舞台は使えません」

「セッティングなんて中断させてちょうだい。取っ払わせてよ。わたしの舞台なのよ。どうしても前座をやるっていうんなら、わたしのショーの手伝いも、ちゃんとやらせなさいよ！」

飯倉が物憂げにいった。「それは沙希が拒否してる」

舛城は苛立（いらだ）った。どいつもこいつも、自分のことしか考えていないのか。

「なあ飯倉、ちょっといいか」舛城はいった。

無言のまま、飯倉は輪を離れて舛城に近づいてきた。

「飯倉」舛城は声をひそめていった。「これはいったいなんの騒ぎだ。吉賀が殺されたってのに、おまえたちは何をやってる」

「私たちの都合では公演は中止できませんよ。テレビ局のたっての希望でね」

「希望だと？　いいか、マスコミは面白おかしく報道できそうなネタを見つけて有頂天になってるだけだ。現在進行形の事件に、沙希という主役を据えて、数字を稼ごうとしているんだ」

「ご存じでしょう、出光マリの公演は毎日おこなわれていたんです。吉賀が死んだというのはショックだったが、事件捜査はあなたたちの仕事でしょう。私はオーナーとして、従業員らを食わせていかねばなりません」

「よく言うぜ……。飯倉。詐欺師のおまえが沙希にやたら執着してたと思ったら、マジック詐欺が流行して、沙希を売りだすのに絶好の機会が到来した。あまりに段取りが上手すぎないか」

「なにを仰りたいんです。私になにか聞きたいことでも？」

「むろんだ。まずはお決まりの質問からいこうか。けさ午前三時、どこでなにをしていた？」

飯倉はむっとした。「家で寝ていましたよ。私が吉賀を殺したとでも？　馬鹿にせんでください。調べたきゃ勝手にどうぞ。でも公演は妨害しないでくださいよ。では失礼」

それだけ言うと、飯倉は踵をかえして歩き去っていった。

勝手にどうぞ、か。なら、そうさせてもらおう。

舛城は幕の下りたステージに向かった。沙希とは、いま話しておきたいことがある。

照明の灯っていない舞台は暗かった。

舛城はその闇のなかを歩いた。誰もいない。道具ひとつ置かれていない。沙希はどこにいったのだろう。

そのとき、ふいに沙希の声が飛んだ。「気をつけて！」

舛城はびくっとして立ちどまった。と同時に、その警告の意味に気づいた。

目の前に黒いワイヤーが張られていた。ストッキングの糸のように細く頼りないしろものではない、かなりの太さのある針金だった。気づかなかったのは、金属の光沢が抑えられ、舞台の闇のなかに溶けこんでいたからだった。おそらく、つや消し剤でも吹きつけてあるのだろう。

そのワイヤーを避けて歩を進めようとしたとき、また沙希の声が飛んだ。「そっちもだめ。こっちへまっすぐきて」

ようやく声のする方向を悟った。

沙希は舞台の下手側の袖近くにいた。上半身はTシャツだが、下半身は衣装用とおぼしきラメの入ったピンクいろのスラックスだった。髪を後ろで結って、両手には軍手をはめ、なんらかの作業に没頭している。

やがて、舛城の目が暗闇に慣れてくると、沙希がワイヤーを引いているのがわかった。舞台にはいまや、無数のワイヤーが張り巡らされている。まるで蜘蛛の巣に捕らわれた虫の見た世界だった。

ワイヤーどうしを結びつけると、沙希は工具入れからペンチを取りだした。ワイヤーの余った部分を切り落とす。それから袖に入り、脚立を抱えて袖にそびえ立つ支柱の前に据え、昇っていった。軽い身のこなしだった。

驚いたことに、支柱にも無数のワイヤーが絡めてあった。沙希はさらにいくつかのワイヤーを支柱に通し、その先端を持って脚立を飛び降りると、舞台の蜘蛛の巣の合間を縫って上手側に走っていった。

舛城は呆然としてその作業を眺めていた。

鳩の鳴き声が聞こえた。近くに鳥籠が置いてあって、三羽の白い鳩がおさまっていた。ハンガーには上着がかけてある。沙希のスラックスと同じピンクいろだった。上着の襟に沿って白い紐が何本も突きだしている。

なんだろう。そう思って手をのばした。

「やめてください」沙希のぴしゃりという声が背後から飛んだ。「衣装に触らないで」

「すまん」舛城は手をひっこめた。「紐が絡まってたんで、とろうとしたんだ」

「絡まってるわけじゃないの。鳩を隠しポケットにおさめなきゃいけないから、〝取り出し紐〟をだしてあるの」

「鳩を？　そうか。ハンカチから鳩をだしたりするんだな？　いままでふしぎだったが、上着に仕込むのか。そうか」

沙希は舛城に歩み寄ってくると、冷ややかにいった。「マジシャンの舞台裏に入りこむのは、マナー違反よ」

「なあ……沙希。少し話せないか」

「いま忙しいの」

「そういわずに、ほんのちょっとだけだ。……こんなやり方はよくない。売りだし方としては邪道だよ」

「どうして？　わたしは多くの人たちの願いに応えてるだけよ」

「ここは出光マリのステージじゃないか。やるなら自分の公演を持つんだ。人のものを横取りするな」

「わたしは前座にすぎないのよ。大勢の人が集まってくれてるのに……」

「沙希。要領よくやってる連中が勝ち組と呼ばれる世の中だが、常にそれが正しいとは限らない。きみにもショックだろうが、吉賀も死んだばかりだ。事件を売名行為に利用するなんて不謹慎だよ」

「マジシャンは芸人なの。売りだす機会を逃さないようにして何が悪いの？　飯倉さんもやるべきだって言ってた」

「……あの男はきみを利用している可能性がある」

「え？　どういうこと？」

「すべてはあいつの書いたシナリオかもしれないってことだ。マジックを利用した詐欺で儲けるけ、きみの売りだしにつながり、きょうも満員御礼で黒字収入だ。よく考えてみろ。一連の出来事で儲かっているのはあいつひとりだ」

沙希は怒りのいろを漂わせた。「よくもそんなことを……。飯倉さんは立派な人よ。なぜ悪い人みたいな言い方を……」

「覚えてないか？　きみが五歳のころ、俺はきみと会ってる。飯倉ともな。代々木公園のベンチで、俺は飯倉に手錠をかけた」

「手錠……」沙希は愕然とした。「逮捕したっていうの？」

「ああ。俺はそのときさみから、リンキングリングを習って……」

「そんなの嘘よ！　刑事さんなんか知らない」

「よく思いだすんだ。飯倉はきみの里親になっていたが、刑務所に入ったので無効になった。あいつは、きみにかこつけて吉賀のマジックショップを買収したんだよ。あいつは詐欺師だった。マジックの世界は、人を騙すトリックに満ち溢れた宝庫……」

「やめてよ！　そんな話聞きたくない！　出てってよ。早く出てって！」

怒りに満ちた表情。いまの沙希は、ヒステリーを起こした出光マリとなんら変わるところがなかった。

舛城は客席に戻ろうと歩きだした。

そのとき、床に投げだされたノートが目についた。

無数の糸が描きこまれた図面。初めて沙希に会ったとき、彼女がみせてくれたティッシュペーパーの浮遊術。沙希自身が発案したトリックの図解だった。

しばしそのノートを眺めるうちに、舛城は衝撃を受けた。舞台を見まわした。いまこの舞台にひろがっているのは、この小さなマジックの拡大版だ。

「沙希」舛城は不安に思ってたずねた。「あのときのティッシュペーパーのように、きみ自身が飛び回ろうってのか？　この縦横無尽に張り巡らされたワイヤーに引かれて」

舛城は顔をそむけた。返事はない。ただ黙々と作業をつづけるばかりだった。

「やめとけよ」と舛城はいった。

「なぜ」

「なぜって、危険じゃないか。弾力や遠心力に振りまわされるだけだろ。ワイヤーに触れたら、身体が切断されちまうぞ」

「舛城さんには、関係のないことだわ」

まったく。舛城は苛立った。女はすぐこれだ。しかも、十代となるとさらに始末に負えない。

「きみの身を案じていってるんだぞ」

「結構です。早く出ていってください」

「だめだ。中止しろ」

「なんの権限があって、そんなことというの」

「労働基準法第六十二条」舛城は早口にいった。「使用者は満十八歳に満たない者に、運転中の機械もしくは動力伝導装置の危険な部分の掃除、注油、検査もしくは修繕をさせ、運転中の機械もしくは動力伝導装置にベルトもしくはロープの取付けもしくは取りはずしをさせ、動力によるクレーンの運転をさせ、その他命令で定める危険な業務に就かせ、または命令で定める重量物を取り扱う業務に就かせてはならない。危険有害業務の就業制限ってやつだ。この劇場のオーナーでありきみの保護者でもある飯倉はそれを守る義務がある」

「舛城さんは関係ない。赤の他人じゃない」

「俺は赤の他人に法律を守らせる仕事をしてる。だから、見過ごすわけにはいかない」

沙希は動揺したように、身を震わせながら振りかえった。

その大きな瞳を潤ませながら、沙希は訴えてきた。「お願い。お願いよ。せっかく得たチャンスなの。マジシャンはほかの芸能人とちがって、売りこみの機会なんかほとんど与えられてないの。オーディションなんかまずありえない。ここでがんばらなきゃ、いつがんばるの」

「危険を冒してまでやることじゃない。ほかのトリックをやれば……」

「だめよ、ほかのなんて！」沙希の目から涙があふれでた。「デビッド・カッパーフィールドもすっかり老けちゃって、つまらないトークと陳腐なクルマの出現だけで誤魔化すご時世なのよ。挙句の果てにゲストで来てたタッキーが黄色い声援を浴びているのに嫉妬して、目もあてられない。カッパーフィールドがもう歳でフライングができない今だからこそ、やるしかないの」

「沙希……」

「お願いよ、舛城さん。ワイヤーで飛ぶのは映画でもやってるでしょう？　香港映画の技術だけど、向こうに留学してゴールデン・ハーベストっていう映画会社に勤めてた人が知り合いだったの。だからワイヤーに吊られたときの身のこなしは、ちゃんと専門家に教わる機会があったのよ。何度も練習したわ。怪我なんていちどもしていない。だからやらせてよ。お願いだから」

沙希は大粒の涙をこぼしていた。

十代の少女が、危険をかえりみず決死のスタントに挑もうとしている。見過ごせないことだと舛城は思った。

だが、一方で相反する考えも湧き起こる。

いま目の前にいる沙希は、舛城が指摘したような姑息な存在ではない。自分の身可愛さに他人を陥れたり、危険を回避するため奸智を働かそうなどという、卑劣な思考など持ち合わせてはいない沙希は命がけでこのチャンスをものにしようとしている。その意志をどうして曲げられるだろう。

しかし、これが沙希がいうほどのチャンスか否か、舛城は疑わしく思った。テレビ出演とはいえこれは取材だ、このていどの機会なら今後も恵まれる可能性はあるのではないか。

舛城はきいた。「なぜ、そこまでして……」

「プロになりたいから」

「なんでプロになりたい？」

「……わたしには、それしかないから」

どうしてそう感じるのか、沙希に問いたかった。

だが舛城は、それ以上の質問をすまいときめた。なにを話したところで、沙希は思い留まってはくれないだろう。

親を亡くし、養護施設で育った沙希が、自分の人生を変えたいと望むのは当然だった。暗い竪穴の底を一蹴して飛びあがり、外に抜けだしたい。そんな彼女の希望を、どうして阻むことができるだろうか。

「わかったよ」舛城は穏やかにいった。「許可する。でも、こんな乱暴なやり方は今回だけだぞ。次に演じるときには、事前に安全性をしっかりチェックして、劇場主の許可を得るんだ。じゃ、がんばってな」

「舛城さん。……ありがとう」

立ち去るよりほかになかった。舛城は黙って幕を割り、客席に戻った。

客席は超満員に膨れあがっていた。談笑の飛び交う客席のなかを、舛城は歩いていった。

足がひどく重かった。

浮遊

沙希は暗闇のなかで深呼吸した。

ゴールデン・ハーベストという映画会社に知り合いなどいない。映画に関する知識には疎かった。実際には、ワイヤーで吊られたときの動きを理解するためにビデオで香港映画を何度も見た、それだけのことにすぎない。

「えー。お客さま」若い男の声がする。たぶん番組スタッフのＡＤだろう。「永らくお待たせしました。本日は出光マリさんのマジックショーの前座として、里見沙希ちゃんが独演をみせてくれます」

拍手と喝采が響く。暗い舞台の袖で、沙希はそれをきいた。

この瞬間をどんなに夢見たことだろう。しかし、昂る気持ちはなかった。心はなにも感じていなかった。

籠から鳩をだして、羽がひろがらないようにそっと身体を支えながら、白い袋におさめた。マジック・プロムナードで商品用に飼われていたこの三羽の鳩は、西谷らアルバイトが発表会でマジックを演じるたびに貸しだされてきた。マジック用の鳩は飛ばないように羽が減らしてあるものが多いが、この鳩は違っている。それゆえ気をつけないと、客席に飛んでいって混乱を招く。

キーホルダーのかたちをした〝自動鳩笛〟のスイッチをいれた。これは鳩を引き寄せる周波数の超音波を出すもので、公園などで鳩に効率よく餌をやるために用いられる。外国製だが、国内のホームセンターでも千円ていどで手に入る。今回の演技には、必要不可欠なものだった。沙希はそれを胸のポケットにおさめた。

ADの声が響く。「沙希ちゃんの前座のステージは、番組用に収録します。で、みなさんにお願いがあります。取材用カメラを遮ったり、移動する先をふさいだりすることは、絶対にやめてください……」

鳩を白い袋におさめる。鳩は翼をひろげれば大きくみえるが、じつは身体は小さい。それが、長年にわたってマジックに使われている理由だった。

仕込みはステージに出る寸前におこなう。ポケットに隠れている時間は短いほどいい。長ければ、鳩がぐったりとしてしまう。沙希の経験では、取りだした鳩が美しく羽ばたくためにはせいぜい二分が限度だと感じていた。

少しがまんしてね。そう声をかけながら、鳩をおさめた袋を上着の隠しポケットにいれる。〝取り出し紐〟を引きやすい長さに調整する。鳩の鳴き声が胸のあたりから響く。これから鳩をステージ上で解放するまでは、乱暴な動作は慎まねばならない。

「それでは」ADの声が告げた。「そろそろ、幕をあげます。沙希ちゃんの前座です」

素人同然の呼びこみだったが、観客はひときわ大きな歓声をあげてそれに応えた。期待値が高い。身に沁みてそれを感じる。

沙希は舞台袖から控室に向かって走った。このあたりもワイヤーが辺り一面に張りめぐらされている。沙希は上着をまくりあげ、ワイヤーの端が二箇所にとりつけられたベルトを腰に装着した。これで、ワイヤーは沙希の腰の左右から突きだしているかたちになった。空中ブランコの命綱をつけるのと同じ位置だった。ワイヤーに引かれて身体が宙に浮いても、腰を支点にして前転、後転が可能になる。

沙希は控室の壁にあるダストシュートに向かった。最近のビルでは馴染みが薄いが、この古ビルには一階のゴミ捨て場まで通じる縦方向の穴がある。ここにゴミを投げ落とす仕組みだった。分別ゴミがうるさくなってからは使われていないときくが、ひとりの助手もいない沙希のマジックの〝動力源〟としてはうってつけだった。

ダストシュートの大きな扉の前には、五十キロ分のバーベルをおさめた網の袋があった。

ワイヤーの一端はこの袋にくくりつけてある。この〝錘(おもり)〟をダストシュートに落下させれば、ワイヤーは引かれていく。ワイヤーにはいくらか弛(ゆる)みがあるので、ステージに駆け戻って鳩をだすまでの四十秒間はまだ沙希の身体がひっぱられることはない。

ＡＤの男が、控室をのぞきこんだ。「準備いいですか」

「はい」沙希は答えた。「いつでも音楽、スタートさせてください」

沙希は顔をあげた。そのとき、頭上すれすれに張られていたワイヤーに額が接触した。鋭い痛みが走った。指先で額に触れてみる。血がにじんでいた。

五十キロの重さに耐えるワイヤーだ、頑丈にできている。その事実がいまさらながら目の前に突きつけられる。

このバーベルの落下によって引かれたワイヤーが、沙希の身体を宙に振りまわす。いまからやろうとしていることは、たったそれだけだ。果たしてこれは、賢い選択だったといえるだろうか。

いや。沙希は怖(お)じ気づいた心に活をいれた。助手はいなくても、費用はかけられなくても、最高の奇跡を実現せねばならない。

なんのために。またその疑問が頭をかすめる。だが、もう沙希は迷ってはいなかった。

華やかなパーカッションのイントロが響きわたった。ＢＧＭがスタートした。もう後には退けない。

沙希はバーベルの袋を力ずくで押した。一瞬、びくともしないと思われたその袋は、けたたましい音をたててダストシュートのなかに落下していった。

あと四十秒。音楽の前奏部分が終わったときに幕が開くことになっている。沙希は駆けだした。幕が開いたときには、ステージの中央に立っていなければならない。

フィギュアスケートを思わせる派手なオーケストラ曲が客席に響いた。舛城は、壁ぎわに立ってまだ幕のあがらないステージを注視していた。

隣りには飯倉がいる。飯倉はハンディタイプのビデオカメラで舞台を撮影している。口もとが歪んでいた。まるで娘の発表会にきた父親という横顔を見せている。

彼とは対照的に、出光マリは顔をそむけるようにして椅子に座り、足を組んでいた。

ふたりのうちどちらが笑顔を浮かべる結果になるかで、沙希の運命も違ってくるだろう。

客席の若者たちが歓声をあげ、拍手した。幕があがった。

この若者たちは、沙希になにを期待しているのだろう。舛城は考えた。たしかに沙希は外見も魅力的で、年齢不相応な話し方にも生意気さとカリスマ性がほどよくブレンドされたような、どこか風変わりなキャラクターの持ち主ではある。だが、それだけなら若者たちは魅了されないだろう。

テレビで報じられた、詐欺事件のからくりを見破った頭のよさが、若者に受けいれられているのだろうか。汚い大人の権威性と悪知恵が生んだ犯罪、それを打ち砕く彼女を、時代のヒロインとみなして支持しているのだろうか。

幕のあがったステージには、沙希ひとりがぽつりと立っていた。

驚いたことに、ワイヤーはまったく見えなかった。背景の銀の幕のせいだろうか。

微笑をうかべた沙希は両手を素早く動かし、胸の前で交差した。瞬間的に一羽の鳩が出現し、舞いあがった。低いどよめきが起きるなか、沙希の両手は流れるような動作で左右にひろげられ、その手の先からそれぞれ一羽ずつ鳩が飛び立った。

歓声と拍手。いままで違和感を覚えていた観客の反応に、舛城の心は同調しはじめた。すでに沙希の演技は従来のマジシャンとはずいぶん異なっていた。アーティストか前衛芸術家を思わせるような神秘的にしてスピーディーな振り付け、矢継ぎ早に起きる現象の素早さ。

沙希は神々しく輝いて見えた。ついさっき、舞台の袖にいた少女とは、まるで別人だった。

舞いあがった三羽の鳩を、沙希は見あげた。その両手をひろげる。

と、沙希の身体は宙にゆっくりと浮きあがった。

音楽が滑らかに変調した。それと同時に、沙希の身体は回転しながら舞台の上を飛びまわりだした。その速度もどんどん増していく。

客席のどよめきは、ビル全体をも揺るがすほどだった。沙希はいまや自由自在にステージを飛びまわっている。三羽の鳩が沙希と戯れながら、その軌跡を追って飛んでいる。

信じられない光景だった。沙希の身体はワイヤーに吊られていることをまったく感じさせなかった。自分の意志で宙に浮き、飛びたい方向へ飛ぶ。鳩たちを従えながら。

沙希は舞台の床すれすれに低く飛び、身体を回転させてから、客席に向かって笑顔で手を振った。そして舞台下手の上方に向かって、星のように飛び去っていった。

その瞬間、客席の若者たちが総立ちになった。歓声は鼓膜を破るほどに響いた。椅子の上に立って騒ぎだす者もいた。舞台に駆けあがろうとする者、それを押しとどめようとする者とで大混乱になった。

舛城は呆気にとられていた。

魔法をかけられた。まさに、そんな一瞬だった。想像を絶する沙希の能力に、ただ圧倒されるしかなかった。

声援と拍手は沙希の耳にも届いていた。しかし沙希は、それどころではなかった。ワイヤーが沙希の身体を宙吊りにしていた。斜め上方に飛びさって演技を終了する以上、支柱に身体が打ちつけられることは不可避だった。その衝撃自体、予測をはるかに上まっていたが、問題はここからどう下りるかだった。

沙希はワイヤーを切断するためにペンチを支柱の上方にとりつけておいたが、手が届かなかった。無理に手を伸ばそうとすると、身体がちぎれそうになるほどの痛みが走る。まだ腰は固定されているのだ、むやみに体勢を変えることはできない。そしてここでは、ベルトをはずすことも不可能だった。

必死で身体を引きずりあげて、ペンチに手をのばす。全身の関節が抗議するのを感じる。歯を食いしばってペンチをつかんだ。だが、目の前には三本のワイヤーが絡んでいた。切断すべきワイヤーがどれなのかわからない。身体をねじればワイヤーの行方を確認できそうだったが、それは無理というものだった。

拍手がしだいに手拍子にかわる。沙希が舞台に戻ってあいさつしてくれるのを望んでいるのだろう。できればそうしたい。ここから解放されれば、すぐにでも。

ベルト。そうだ、ベルトをはずさねば。床を滑りながら、沙希は腰に手をやった。バックルを引きあげ留め金をはずす。指先がなにかにひっかかった。針で刺すような痛みがあった。それでも、ぐずぐずしてはいられない。

ダストシュートの扉が目前に迫った。このままでは竪穴に落下する。そう思ったとき、ベルトの留め金がはずれた。まだ上着にひっかかっている。沙希は身をよじらせて上着を脱いだ。布が裂ける音がした。

同時に、沙希の身体は止まった。ようやく、ワイヤーの支配から抜けだした。

ふたつに裂けた上着のうち、ベルトが絡みついたほうがダストシュートに飛びこんでいった。一瞬ののち、錘がダストシュートの床に衝突したことを告げる、突きあげるような衝撃があった。

静寂があった。

いや、耳がきこえないのだ。沙希はそう思った。自分の鼓動だけはきこえる。それ以外には、なにも音がしない。

やがて、沙希のなかに音が戻りつつあった。手拍子、歓声。観客がわたしを呼んでいる。そう、わたしは無事だ。そう悟った。

ふと、鳩の鳴き声をきいた。近くに三羽の鳩がたたずんでいた。沙希はふっと笑った。まだ〝自動鳩笛〟のスイッチが入っていた。

沙希は身体を起こした。身体が古綿でできているような感覚があった。激しい痛みに嘔吐(と)がこみあげてきそうだった。

〝自動鳩笛〟を床に置くと、鳩たちはそこにすり寄っていった。籠(かご)に戻すのはあとでいいだろう。

めまいをこらえながら、舞台に向かって歩いた。ふと、自分の腕に目をやる。Tシャツ姿になった自分の腕は、無数の擦り傷で血にまみれていた。痛々しいところを観客にみせたのでは幻想も醒(さ)めてしまう。

控室の床に散乱した衣類のなかから、手ごろなジャンパーをとって羽織った。ビニール製だ、血がにじむこともあるまい。腕にはしびれるような痛みがある。

それでも、心は舞台へと誘(いざな)われていた。

沙希は観客の前に戻った。

割れんばかりの拍手。人々の笑顔。沙希は、目の前にひろがる光景が信じられなかった。この声援、拍手は自分に向けられている。自分ひとりに。その事実が、ゆっくりと沙希のなかにひろがっていった。

視界が揺らいだ。こんな感覚を味わったことはかつてなかった。ようやく認められた。

涙が頰をこぼれおちる。これまで流した涙とはちがう、喜びとともにある涙。沙希は至福のときを感じながら、観客に向かって頭をさげた。ひときわ大きな拍手が、沙希を包んだ。

心理

「あんなものは茶番よ」出光マリは怒鳴った。「どこがマジックなの。たんなる曲芸じゃないの」

舛城はマリの甲高い声を聞き流しながら、がらんとしたアイボリー劇場の客席を見渡した。

本来なら、前座につづいてマリがショーを演じる時間帯だ。だが、それは中止にならざるをえなかった。沙希が引っこむと、客はひとり残らず帰っていった。客席に残されたものは紙コップやスナック菓子の袋と、散乱した椅子だけだった。

テレビのクルーもすでに立ち去っている。残されたのは、マリのほかに飯倉、沙希、そして舛城だけだった。

マリは執拗(しつよう)にまくしたてた。「だいたい、演技自体がデビッド・カッパーフィールドの真似じゃない。沙希のオリジナルなんかじゃないわ」

飯倉が顔をしかめた。「そんなことはないだろ。私も詳しいことはしらないが、カッパーフィールドの〝フライング〟という出し物は、もっと精巧で大掛かりな舞台装置を使っている。ワイヤーの着脱をコンピュータで自動制御するそうじゃないか。沙希は、たったひとりで素晴らしい演技をなしとげたんだぞ」

「だとしても、沙希の演技はマジックじゃありませんよ。マジックで浮遊をみせるなら、大きな輪を通したりして、ワイヤーに吊られていないことをしめさなきゃだめでしょう」

舛城はからかい半分にいった。「当然、切れ目のあるリングであらためるんだろ。そんなものがなんになる」

「あなたはマジックのことなんかご存じないでしょう。失礼ですが、飯倉さんもご同様です。それに、沙希。あなたも一緒よ。わたしたちがどんなに苦労していまの地位を築いたのか、あなたにはわからないでしょう。先人の知恵をただ真似るだけで、拍手を受けていい気になって。いっておくけど、あなたはマジシャンじゃないわ。あなたに仕込みを頼むといつも、サムチップにいれておくシルクのハンカチもくしゃくしゃになってるじゃない。ずさんにもほどがあるわ。基本をわかっていないからだめなのよ。なにもわからないくせに……」

「なにもわからない？」沙希が唐突に口をきいた。

その低い声が、マリを威圧した。マリは押し黙った。

沙希は怒りに満ちた顔をマリに向けた。「わからないって、いったいなにがわからないっていうんです。わたしは毎日、いつでもマジックのことを考えて生きてきたわ。あなたがマジシャンで、わたしがそうじゃないなんて、どこからそんな話がでてくるんです。マリさん。あなた、わたしよりうまくコインバニッシュができるの。ダンシングケーンができるの。四つ玉やカードマニピュレーションは？　ひとつでも、わたしよりうまくできるマジックがあるの？」

マリはたじろいだようすだったが、負けじと冷笑とともに言いかえした。「よくいうわよ。そりゃ、あなたは練習する時間があるから、技術だけをみればわたしよりうまいかもしれないわね。暇だから。わたしはプロだから、技術だけにはこだわらないの。見せ方とか、お客の心理を考えて……」

「心理ですって？　マリさんがお客さんの心理をとらえているのなら、なぜいつもがらがらの客席で、アルバイト仲間相手にしか実演できないんですか。あなたに限らず、プロマジシャンを名乗っている人はみんなそうよ。本に書かれていたトリックをただ演じて、それだけで万能の力を有したつもりになってる」

「失敬ね。ちょっと満員のお客を相手にしたからって、いい気にならないでよ。あなたは、アマチュアよ。わたしはプロ。ほんの一時的な流行りになんか乗らない。お客がいてもいなくても、頑張るのがプロなのよ」

「なら」沙希は舞台を指差し、声を張りあげた。「さっさと舞台に立ってくださいよ！ お客さんがいなくても、あなたのステージの時間でしょう！ なにもせずに、人の悪口ばかりいって、なにがプロよ。馬鹿にしないで！」

沙希のその言葉は、弱体化していたマリにとって最後のストレートに匹敵するにちがいなかった。マリは打ちのめされたようにうつむき、両手で顔を覆った。

少しは罪悪感がよぎったのだろう、沙希はためらいがちに口をつぐんだ。しかし、怒りはおさまらなかったらしい。沙希は近くにあったパイプ椅子を蹴った。

「沙希」飯倉が咎めるように声をかけた。

だが、沙希は振りかえらなかった。舞台に向かって立ち去ると、袖へと消えていった。

マリのすすり泣く声だけがきこえる客席で、舛城はやりきれない気分になっていた。ここに限ってのことだが、沙希は大成功した。だがそれとともに、重要ななにかを失った。そう思えてならなかった。

霊安室

　沙希が銀座の小劇場で飛びまわってから一週間が過ぎた。

　舛城は捜査二課の刑事部屋で、デスクに両肘をつきうつむいていた。

　事件捜査が進展しない。

　飯倉を容疑者と睨んで、捜査員が交代で監視をしているが、依然として尻尾をつかめずにいた。

　マジック詐欺自体が鳴りを潜め、事件の被害届は出されていない。飯倉への監視の目を強めたとたん、事件が起きなくなった。やはり怪しいのは飯倉だ。だが……。

　ドアが開き、疲労感を漂わせた浅岸が部屋に戻ってきた。

「お疲れ」舛城はいった。「どうだった?」

「まるで変化なしですよ」浅岸は上着を脱いでデスクに放りだした。「十八時間張りついてみましたが、飯倉はリフレ・チェーンの店長たちを集めての経営会議に出席したほかは、自宅に引き籠ってます。外部と接触しているようすもないですね」

「吉賀についちゃ、なにかわかったことは？」

「愛人がいたみたいです。元橋鮎子っていう……。競馬マニアなんで、日曜に府中にいけば見つかるかもしれません」

「女か……。まあな。吉賀が主犯だった場合は重要な証言が得られるかもしれねえが、あまり期待できそうにもないな。吉賀はどうせ、飯倉に使われてただけだろうぜ」

「舛城さん。それにしても、飯倉の素行には犯罪者らしいところはまるで見当たらないんですが……。ホシは別にいるってことはないでしょうか」

「別？　あとは誰がいるってんだ？　出光マリか？」

「いえ。彼女には無理でしょう。プロといえど、マジックの才覚に長けているわけではなさそうですから。しかし、マジックを詐欺に応用できるだけの知識と機転がある人間なら……」

「誰でも詐欺師になれるってわけか。そりゃそうだがな……」

舛城は口をつぐまざるをえなかった。この先、会話がどこに向かうか予想がついているからだった。

一連のマジック詐欺で儲けることができた人物は、飯倉のほかにもうひとりいる。

ほかならぬ沙希だ。

成人なら自作自演を疑ってみるところだが、彼女はまだ十五歳の少女だ。吉賀をそそのかして詐欺の手法を広めるなど、到底考えられない。

それでも、否定しきれないところもある。彼女はその年齢にしては聡明(そうめい)で、大人びた性格の持ち主だ。

考えたくはないが、まさか……。

そのとき、電話が鳴った。

舛城は受話器を取りあげて応じた。「捜査二課です」

告げられた言葉に、舛城は凍りついた。

にわかには信じがたい報告が、監察医の口から告げられていた。

霊安室。何度来ても、息が詰まりそうになる。

横たわった飯倉義信の遺体に、沙希はすがりついて泣いていた。

「飯倉さん」沙希は声を震わせていた。「どうしてなの。こんなこと、あるわけないじゃない。もうやだよ。飯倉さん……」

舛城の耳に、浅岸がささやいてきた。「詳しいことは司法解剖を待たなきゃなりませんが、他殺とみて間違いないそうです。喉もとを掻き切られていたらしくて……」

重苦しい気分が舛城のなかにひろがった。

十年前に挙げた男。いまも最有力な容疑者として目をつけていた男。その彼が物言わぬ死体と化した。

間違っていたのか。飯倉はマジック詐欺の主犯ではなかった。だとすると、本当の主犯は……。

「警部補」浅岸はいっそう声をひそめた。「こんなことは言いたくないんですが、現状でホシに一番近いのは……」

「ああ。わかってるよ」

舛城は、泣きじゃくる沙希の背を眺めていた。

この少女が主犯……。そんなふうには思いたくない。

沙希はあのワイドショーの取材内容が放送されて以来、民放各局の番組に引く手あまたの売れっ子と化している。多忙をきわめていた彼女が、警察の監視を受けていた飯倉に近づき、殺害に至る。まず考えられない。

そうはいっても、飯倉の死亡時刻であるきょう午前十時から十二時のあいだは、沙希も都内の移動時間内だったという。飯倉の家を訪ねて犯行に及ぶ、それを明確に否定できるアリバイはないことになる。

だが舛城は、その疑惑を募らせたくはなかった。

号泣する沙希の声に、偽りの響きは感じられない。長年、捜査一課で被害者遺族のこういう声を耳にしてきた俺だ、その直感が間違っているとは思えない。

舛城は沙希の背に歩み寄った。

「沙希。そのう……なんといえばいいか」

泣き声を押し黙らせた沙希が、こちらを振りかえった。

真っ赤に腫らした目で舛城をにらみつけながら、沙希はいった。「刑事さんの言うことなんて、嘘ばっかり。飯倉さんを犯人呼ばわりして、本当の犯人を野放しにして、こんなことに……。わたしの両親のときもそうだった。何もしてくれないじゃない。もうたくさん。警察なんて大嫌い！」

「沙希……ほんとに済まない。謝るよ。飯倉が狙われているなんて、予想すらできなかった」

しばらくのあいだ沙希は零れ落ちる涙をぬぐっていたが、ほんの少し落ち着いたようすを見せるようになってきた。

「誰なの？」沙希はきいてきた。「飯倉さんを殺したのは……？」

「まだわからない。動機も明らかじゃない。何か聞いてないか？」

「いいえ。全然……。このところ、ずっと会ってなかったし」

「あの銀座の劇場以来か？」

「ええ」

「そうか」舛城は懐から紙片をだした。「飯倉の事務所を調べたが、彼の詐欺の犯行を裏付けるような痕跡（こんせき）はなにもなかった。俺の完全なる見当違いだ。本当に済まないと思ってる……。代わりに、これがでてきた」

沙希は紙片を受け取った。「なんなの？」

「来月七日、池袋の東亜銀行ホールでのチャリティー・イベントだそうだ。音楽のアーティストが中心だが、オープニングアクトとしてきみの出演が決定してる……。例の浮遊術でな」

「じゃあ……飯倉さんがこのスケジュールを？」

「そう。あいつ、純粋にきみのためを思ってあちこち動いてたんだな。イベント業者とも打ち合わせを済ませてあるみたいだ。東亜銀行ホールはアイボリー劇場とはちがって本格的な設備が揃ってる。ワイヤーを自動的に巻きあげる装置もある。速度も調整可能だというから、使えるだろう。それに、舞台の安全面を管理するプロフェッショナルがセッティングをしてくれるらしい」

「これを……飯倉さんが……」

「あいつの最後のプレゼントになっちまったな……」

霊安室のなかに沈黙が降りてきた。

長くつづいた静寂ののち、沙希は顔をあげた。

「刑事さん」と沙希は真顔でいった。「捜査のほうはどうなったの？　進んでる？」

「いや……。飯倉も死んで、振りだしに戻ったところだ」

「わたしに手伝わせて。また力になれると思うの」

「だけど……きみは……」

「お願い。もう牧田さんに会ったりしないから。取材なんか受けない。わたし、飯倉さんを殺した人をつかまえる手助けがしたいのよ。絶対に許せない。だから……」

「そうは言ってもな……」

舛城は困惑しながら浅岸を見た。

浅岸も戸惑ったようすだったが、なにやら目配せしてきた。

その意味するところは、すぐに理解できた。

吉賀の愛人を追及しようとしていたところだ。沙希を引き合わせれば、そこでなにかわかるかもしれない。少なくとも沙希の態度を見ることで、彼女自身の容疑について白か黒か、おのずからはっきりしてくるだろう。

気は進まないが、ほかに方法もない。

「わかった」と舛城はいった。「もういちどだけ、協力を頼むよ」

沙希は潤んだ瞳で舛城をじっと見つめてきた。「ありがとう、刑事さん」

予言

日曜の府中競馬場は混み合っていた。ビッグレースはないものの、晴天のせいだろう。舛城はパドックの一角で空を見あげた。陽射しが強い夏日だった。

「舛城さん」浅岸が駆け寄ってきた。

「おう」舛城は目立たないよう、手にした競馬新聞に視線をおとしながらいった。「吉賀の女はいたか」

「きょうはまだ、姿を見せてませんね。ただし、元橋鮎子という名を知ってる人間は大勢いますよ。ここの競馬マニアには有名人ですね」

「どうしてだ」

「なんでも、予想屋として超一流らしいです。百発百中、はずしたレースはないってほどの的確な読みが評判になってるそうです」

「ほう。女の予想屋ね。どこで人を集める?」

「それが、ふつうの予想屋とちがっておおっぴらには動かないらしいです。ぶらりと現れて、ひとりの客あるいは何人かのグループに声をかけてくるんだそうで」

「ひとりか数人だと。そんなに少ない人数を相手にしていたんじゃ、予想屋としては稼ぎにならないだろ」

「それが」浅岸は声をひそめた。「予想を売るわけじゃないらしいんです。すでに券売所で馬券を購入済みの客に声をかけ、一緒にレースを見物する。その際に、自分の予想をお披露目する。その予想が的中して、客はびっくり。ってな具合らしいです」

「なんの儲けにもならない話だな。女の目的はなんだ？」

「正規の馬券よりも高い倍率で賭けられるところがあると、持ちかけてくるんだそうです」

「なんだ。〝抜けイチ〟か」舛城は新聞をたたんだ。「競馬場の客をノミ行為に誘う、勧誘の役割ってわけだ。ノミの主催者の暴力団員から、紹介した人数に応じて礼金をもらう。それだけのせこい商売だ」

「でも、いつも予想が的中してるって事実はどうなんでしょう」

「知らないのか。ふつう、関東の〝抜けイチ〟はすべての馬を単勝で買っておく。レースが終わったあと、勝ち馬の馬券をみせて、さも的中したように思わせるのさ。馬券代は、

〝抜けイチ〟にとって必要経費みたいなもんだな」

「ええ、それなら知ってますよ。僕もそう指摘したんです。でも、元橋鮎子を知る人間は、そんな見え透いた方法じゃなかったって証言してます。名刺の裏に赤鉛筆で連勝複式の番号を書き、封筒にいれて渡してくれるというんです。レースの後じゃなく、先に封筒を渡すらしいです。それが的中していると、その名刺の番号に電話すると、それがノミの店ってわけです」

「インパクトのある勧誘だな。予想が毎度、的中する女か」

「元橋鮎子は、吉賀の女ですから……」

「これもマジック詐欺のひとつの可能性が高いな。競馬の客たちを信用させるトリックだ」

浅岸は辺りを見まわした。「里見沙希は？」

舛城は指差した。パドックをゆっくり進む馬を眺めてたたずむ沙希の姿が、群衆のなかに見えている。

怪訝そうな顔で浅岸がきいてきた。「あんなところで何を？」

「べつに何も。俺とは一緒にいたくないってことらしい」

「協力を申しでたのはあの娘のほうなのに」

「そいつはそうだが、両親につづいて飯倉を失っちまったんだ。それも二度もな。二度とも、俺に奪われたように沙希は感じてるんだろう」

「舛城さん。……沙希自身の容疑についちゃどうですか？」

蜃気楼に揺らぐ沙希の姿をしばし眺める。ほっそりとした身体つき。あんな奇跡を成し遂げたとは思えない、ひとりの少女の横顔がそこにある。

「ありえんよ」舛城はつぶやいた。「とても考えられない……」

「現れた」浅岸がいった。

府中競馬場のスタンドに腰掛けていた舛城は、あわてて立ちあがった。「どこだ」

満員の群衆のなかでも、元橋鮎子の姿はきわだっていた。真っ赤なスーツに派手なスカーフ、白の帽子にサングラスときている。

イギリスのドンカスター競馬場あたりでセントレジャーステークスを見物する女性客にはありがちな服装かもしれないが、ポロシャツやTシャツ姿の中年男がほとんどの府中競馬場では、その存在はくっきりと目立つ赤い染みのようなものだった。

舛城はオペラグラスで女を見た。その横顔は、事前に確認した写真の女に相違なかった。

「尾けろ」舛城は浅岸にいった。「女が客に接触したら、合図を送れ。俺もそっちへいく」

了解。浅岸はそういって、客席の通路を歩きだした。

陽が傾いてきている。最終レースだ。この場を逃したら、鮎子との接触はおそらく来週の日曜までおあずけになる。

任意で事情を聴くこともできるが、それよりはマジック詐欺の現場を押さえて、取り調べというかたちに持ちこみたい。この女も一連の詐欺事件と、連続殺人事件の容疑者となりうる可能性を秘めている。

隣りに座っていた沙希がきいてきた。「誰か来たの？」

「ああ。吉賀の女だよ」

「さっきの写真の人？」

「そう。きみは面識はないんだったな。元橋鮎子という名で、勝ち馬の予想を的中させて客の気を引き、ノミ行為に誘うそうだ」

「ノミ行為って？」

「まあ、未成年者のきみが知る必要はない」

「教えてよ」と沙希は不服そうな顔でいった。「捜査に協力するんなら、知らないことはなんでも知らなきゃ」

やれやれ。舛城はため息まじりに答えた。「暴力団が資金集めのために競馬の胴元になることだ。利益率が高いために、そっちに走る客も多い」

「ふうん。いま、どこに？」

「浅岸がマークしてる」

舛城はスタンドを見やった。

群衆のなかに浅岸の姿があった。浅岸はさりげなく片手をあげて合図した。

「あそこだ。いこう」舛城は沙希をうながした。

静かだった。この時間のレースになると客たちも朝の活気はどこへやら、一日の負けを取り返そうと神頼みになるらしい。誰もが無言のまま、祈るような顔つきでコースを見つめる。

ノミ行為への客の食いつきがよくなる時間帯といえるかもしれない。元橋鮎子は、そのタイミングをはかって現れたことになる。

客席のなかの階段を下っていくと、浅岸が鮎子の位置を視線でしめした。

鮎子は、隣りの五十歳代の男に声をかけている。

会話がきこえるように、舛城は浅岸と立つ位置を変わった。フィールドを眺めるふりをして、鮎子の白い帽子を見下ろした。

「ほんとかよ」男性客は驚いたような声をあげた。「あんたが予想をはずしたら、俺に一万くれるって?」

「そう」落ちついた、低い女の声がいった。「予想が当たっても、あなたからおカネを貰うわけじゃないのよ。ただわたしの名刺を受けとって。それだけでいいわ」

「へえ……。まあ、なんでもいいや。損する話じゃねえのなら。でも、なんの名刺だ?あんた、水商売か」

「違うわよ。ただ、確実に勝ち馬を当てる凄腕のギャンブラーが集う場所があるの。ここの券売所で買うよりずっといい倍率がつくのよ。少ない投資で、より多く儲けることができるわ」

客は警戒心を抱いたようすだった。「なんだか、やばそうな場所だな」

「あら、怖じ気づいたの。度胸のあるギャンブラーを探してたのに、残念ね」女はそういって、腰を浮かせようとした。

「まちなよ、わかったわかった」一万の儲けをみすみす逃したくないと思ったのだろう、男があわてたように引きとめた。「予想してみなよ。当たってたら名刺をくれ。ただし、外れたら一万、この場でちゃんと払ってくれよな」

「もちろんよ」女はそういって、ハンドバッグに手をいれた。

鮎子は取りだした名刺の裏に、赤鉛筆で走り書きした。

なにを書いたのかは、男性客に見せていない。舛城からも見えなかった。鮎子はすぐに名刺を小さな封筒にしまった。名刺がぴったりおさまるサイズの封筒だった。

「この予想、絶対当たるわよ。約束するわ」

「予想をみせろよ」

「この封筒のなかにあるわ。結果はみてのお楽しみ」

「ふん」男性客は鼻を鳴らした。「楽しみだな。はずれたからって、逃げるなよ」

鮎子が前方に視線を向けた。コースを見やった。最終レース、千二百メートル、芝、左、十六頭。まだ数頭がゲートに入っていない。

沙希が背伸びして、舛城に耳うちした。「大人の女って感じね。誘惑のし方は参考になるかも」

「からかうなよ」舛城は沙希にささやきかえした。「あの名刺の裏に書いた予想が当たらなかったら、女は一万払わなきゃならん。ずいぶん自信があるんだな」

「レースのあと、わたしが合図したらすぐに彼女の右手をつかんで。親指を、ほかの四本の指に接触させないこと」

もうトリックに気づいているのだろうか。舛城は浅岸にささやいた。「きいたか」

「ええ」浅岸はうなずいた。

「女の後ろにぴったりと張りつけ。沙希がいったとおりに行動しろよ」

「わかりました」

ゲートが開いた。歓声が沸き起こり、観客が総立ちになる。

各馬が一斉に走りだした。外枠がいいスタートを切った。5番の馬が一寸出遅れたようだが、猛然と速度をあげてほどなく先頭に立った。外から6番、それに絡んでいた13番、四番手に7番。最後尾は12番で先頭まで七馬身か八馬身の差がある。

舛城は鮎子を観察していた。封筒は右手に持たれている。隣りの客は笑いをうかべていたが、鮎子は緊張の面持ちだった。その表情は服装と同じく、周囲の客から浮いてみえた。

レースに目を戻すと、第三コーナーのカーブに入っていた。先頭の5番は残り四百メートルの標識にさしかかっている。直線に入った。6番が二馬身差で二位につけている。三番手に7番があがってきた。ゴールが迫る。最後は5番が身体半分リードしてゴールインした。二着は6番。

勝者の拍手と敗者のため息が織りまざって客席に渦巻いた。ため息のほうが多かった。客たちは早くも席を離れ、帰宅の途につきはじめた。

「ちぇ」男性客が馬券を破りすてた。「連複で3―3だな」

その客の目が、鮎子の手もとに向く。鮎子は自信たっぷりに封筒の封を切り、名刺を半分突きだして隣りの客に向けた。

男性客が目をしばたたかせながら名刺を引き抜いた。その顔が驚きに変わる。大声をあげた。「3―3だ。的中じゃねえか！」

「いったでしょう？　ぜったいに外さないって」鮎子はそういいながら、封筒を手のなかで丸めた。

名刺が何枚も入っていたとは思えない。それなら、かなりの厚みになっていたはずだ。なぜ予言することができたのだろう。

そのとき、沙希の声が飛んだ。「いまよ」

浅岸が動いた。両手で鮎子の右手をつかみあげた。

「なにをするの！」鮎子が怒鳴った。

周りの目が、一斉に注がれた。男性客は、びくついて身を退いている。

沙希は冷静な声で告げた。「親指の先にくっついているものをはがして。証拠品になるから」

舛城は鮎子に近づいた。浅岸は沙希の指示どおり、鮎子の親指をほかの四本指から引き離すようにつかみあげていた。

その親指の腹に、奇妙な物体が貼りついていた。直径は五ミリぐらい、肌色に塗装されていて、ホックの凸部のような形状をしている。よほど注意してみないかぎり、見落としてしまうような物体だった。両面テープで接着されていたらしい。それをはがしてつまみとった。

「元橋鮎子」舛城はその物体を鮎子の鼻先に突きつけた。「俺がなにをいいたいかわかるな？　これについての弁解は、署できこう」

鮎子は怒りに満ちた目で舛城をにらみつけていたが、ほどなく観念したようすでうなだれた。

舛城は皮肉に思った。元橋鮎子、気の毒な女だ。俺がまるでトリックを見破っていないとも知らずに。

借用書

本庁の取調室で、元橋鮎子はうつむいて座っていた。

すでに窓の外は暗くなっている。蛍光灯の明かりだけが室内を照らす。

沙希は壁ぎわの椅子に腰を下ろして、三人の大人たちを眺めていた。舛城、浅岸、そして元橋鮎子。

飯倉を殺したのはこの女だろうか。実行犯でなくとも、なにかを知りえているだろうか。

舛城がきいてきた。「ネイルライター？　このホックみたいなものに、火でもつくのか」

「そのライターじゃないの」と沙希はため息とともにいった。「W、R、I、T、E、Rのライター。メンタル・マジックで数字を予言する現象などに用いるの。ようするに、親指で字を書くためのものね」

「ホックの突起の部分をこすりつけて書くのか」

「先端に鉛筆の芯がついているタイプもあるけど、それはただの突起ね。封筒のほうにも仕掛けがあるはずよ」

舛城は封筒をとりあげた。それを破ると、なかから赤いカーボン複写紙が取りだされた。

「なるほど」舛城が苦笑に似た笑いを浮かべた。「封筒の内側に赤のカーボンを貼りつけてある。だから、親指につけたネイルライターで封筒をひっかくようにして数字を書けば、なかにある名刺に赤く文字が書きこまれるってわけだな。字はうまくなくても、もともと名刺に走り書きしたことになってるんだ、別におかしくはない」

鮎子が口をきいた。「なんのこと？」

「おまえの〝抜けイチ〟の勧誘パフォーマンスだよ。まず、名刺の裏に赤鉛筆で書くふりをして、じつは白紙のまま名刺を封筒におさめた。そしてレース終了直後に親指を動かして連複の番号を書きいれた。赤カーボンで転写された文字は、赤鉛筆で書いたものにうりふたつだからな。錯覚も強まるってわけだ」

鮎子の顔があがった。その目が沙希に向けられる。「このお嬢ちゃん、ほんとに警察に協力してたのね。マスコミのでっちあげかと思ってたわ」

「元橋」舛城が咎めるような口調でいった。「吉賀が死んでも〝抜けイチ〟を続けてたってことは、頼まれたわけじゃなく自分の意志だったわけだ。詐欺の実行犯として逮捕されても文句はいえねえな」

「実行犯？　わたしが考えたことじゃないわよ。このトリックは〝抜けイチ〟の客をつかまえるために欣也さんに教わっただけ」

「欣也さんか。きみは吉賀をそう呼んでたわけだな。愛人だったわけか」

「冗談じゃないわ。あの人は最低よ」

「なにが、どう最低なんだ」

「わたしを、赤の他人の連帯保証人にした」

「赤の他人ってことは、借金の仲介か。誰かカネを借りたがっている人間がいて、そいつは保証人がいなくて困っていた。吉賀はそいつに連帯保証人を紹介してやるといって、きみに保証人の責を負わせた。そういうことだな」

「まあ、そうね。……よくわかったわね」

「吉賀の指導で〝抜けイチ〟をやってる愛人といえば、そんなスタンスだろうよ。借金した人間がドロンして、おまえに返済の請求がきた。それで返済のためにいまも働かざるをえないってことだな」

浅岸が口をさしはさんだ。「しかし、もとはといえば連帯保証人の契約書にサインをしたきみ自身のせいでもあるだろ」

鮎子は、浅岸を軽蔑のまなざしで見やった。「サインをした覚えはないわ」

「どういうことだ」

「あんた、耳が遠いの。した覚えはない、そういったのよ。でもわからないわ。昼も夜も一緒にいて、お酒飲んで、好き勝手にやって……。ほとんどラリってたものね。精神的にも、不安定だし。自律神経失調症だったりするのよ、わたし。サインしてくれっていわれて、しちゃったのかもしれない。っていうか、別の契約書にサインしたような記憶が、ぼんやりあるんだけどね。夢みてたのかな、わけわかんない」

鮎子は自嘲気味な笑いをうかべた。

舛城はきいた。「契約書の控えはあるか」

鮎子はテーブルの上のハンドバッグに顎をしゃくった。「なかに入ってるわ」

浅岸がハンドバッグを開けた。化粧品の類いとハンカチ、くしゃくしゃになったレシートや商品券。

やがて、ハガキの大きさのカードをつまみだした。「これか」

「よこせ」舛城はそれを受けとり、読みあげた。「借用金確証。金一千万円。右の金額確かに借用収受いたしました……決まり文句だな。で、ええと……請求に対して債務者が義務の履行を怠った場合、保証人が責任をもって履行することといたします、か。サインがふたつあるな。この森町三郎ってのが債務者か。おまえは面識ないんだな」

「ないわ」

「その面識のない男の名と並んで、連帯保証人の欄に元橋鮎子と書かれている。……それにしても、妙な契約書だな。大きさも材質もハガキみたいだ。サインは直筆でコピーじゃないな。カーボンの複写でもない。ちゃんと万年筆で書いてある。これは控えじゃないのか？」

「ふたつ書いたのよ、たぶんね。もう一枚は吉賀を通じて貸主の金融機関にでも渡されてるんでしょ」

「この貸主なり、森町三郎ってのが実在してると思ってるのか」

「ええ、そりゃそうでしょう。……でも、どういうこと？」

浅岸がいった。「きみははめられたんだよ。この借用書はでっちあげだ」

「そう」舛城がうなずいた。「吉賀はきみを〝抜けイチ〟で働かせるために、こいつを作ったんだ。連帯保証人として一千万の支払い義務を負わせるよう細工したんだよ。いくらきみが酔っ払ってたからって、こんな変な文書に二通もサインしたりはしないだろ。こいつは、吉賀がきみの筆跡を真似て細工したにきまってる」

「馬鹿にしないでよ」鮎子はふいに怒りだした。「わたしが、そんな疑いをいちども持ったことがないとでも思うの？　その契約書持って弁護士のところに相談にいったわ。弁護士会に協力してる、文書分析のプロって人のところも紹介された。以前に警察の鑑識にいた人たちで構成されてるんですってね。そこで筆跡と、契約書の有効性ってのを鑑定されたわ。電子顕微鏡で見て、ミクロンって単位の筆圧までも測定した結果、わたしのサインに間違いないっていわれた。契約の文章自体も、サインよりずっと前に書かれていたものだし、書き直された跡はまったくないって。だからわたしが、サインしたのよ」

「きみはさっき、別の契約書にサインしたように思ってたとか、そんなふうにいったな。それはどういうことだ」

「……いいのよ。あれはもう」

「よくない。きかれた質問には答えろ」

「いいってば。どうせ馬鹿にするでしょ」

「喋（しゃべ）ってもいないのに、なぜ俺たちが馬鹿にするときめつけるんだ」

「ったく。わたしは一千万円もらえるって契約書にサインしたの。そのつもりだったの」

「もらえるって書いてあったのか。契約書は、これと同じ大きさのものか？」

「ええ、そうよ。でもどうせ、わたしの勘違いでしょ。酔っ払って、わからなくなってたのよ。間違えた理由なんか簡単よ、馬鹿な女だから。それだけ。一千万もらえる話がある、ここにサインするだけでいいって吉賀にいわれた。文章はいちおう読んだけど、わたしにはそのように書いてあるようにみえたの。わかった？　せいぜい笑いなさいよ」

舛城は笑わなかった。しばし鮎子をみつめ、ゆっくりとした口調で切りだした。

「なあ、元橋。俺も長いこと刑事をやってる。そのあいだ、犯行を酒のせいにするやつに何人も会った。酔っ払ってたから魔がさした、カネを盗んだ、人を殺したってな。だが取り調べをつづけるうちに、ぼろがでた。俺の認識では、人間ってのはいくら飲もうが一線は越えないもんだと思ってる。酒に酔って暴れたり、無謀なことをしでかしたりしても、文書にサインしたり実印を押すことを勧められれば、シラフに戻っちまうもんだ。自律神経失調症なんて、俺にいわせりゃ病気のうちに入らない。俺はきみが、馬鹿な女だなんて思っちゃいない。きみが連帯保証人って字を読めなかったとも思わない。従って、この契約書は無効だ」

「……そんなことといっても、専門家が有効だと判断したんだから、しょうがないじゃない」

「専門家なんか糞くらえだ。こんな契約、無視してりゃいい」

「無理よ。ふつうの借金の保証人とはちがうのよ。連帯保証人は金融機関への返済義務が法律で定められてるって、弁護士の人もいってたわ。債務者が返済しなかった場合、いえたとえ債務者に返済能力があっても、貸主が連帯保証人から取り立てたいと思ったらそうなるって。裁判でも勝ち目がないって。弁護士なんて、結局金持ちの味方よ。わたしにはなにもしてくれなかった。あんたたちだってそうじゃない。無視しろですって。冗談じゃないわ。苦しんでいるわたしの毎日がわかるの？」

「ほかに借金があるのか」

鮎子は唇を嚙み、小さくうなずいた。「離婚して、子供もいるの。養育権は向こうだけど、家のローンだけは折半する約束で……」

「その家には、おまえさんは住んでないのか」

「ええ」鮎子はうなずいた。

取調室は沈黙に包まれた。

沙希は立ちあがり、デスクにゆっくりと歩み寄った。

静けさを破るのに、ちょっとした勇気がいる。沙希は小声でささやいた。「舛城さん。そのカード、見ていいですか」

舛城は黙って沙希にカードを押しやってきた。

ハガキを横にして、縦書きにしたものだった。

〝借用金確証〟の見出しから、〝後日の為借用証書を差しいれておきます　以上〟までの文面は、すべてカードの中央よりも右に位置している。すなわち、契約書の右半分は文面、左半分はサインと、きれいにわかれている。文書には折り目はなかった。すると、考えられるトリックはひとつだけだ。

「あのう、元橋さん」沙希は遠慮がちにいった。「これにサインした……っていうか、一千万円をくれるっていう契約書にサインしたときのことを、よく思いだしてください。この一枚だけを渡されて、そこにサインしたんじゃないですよね？　この契約書は束になってて、その上の一枚にサインした。そうでしょう？」

鮎子の目が沙希に向けられた。子供がでしゃばるな、そういいたげな目つきだった。

嫌悪感を漂わせた口調で、鮎子はつぶやいた。「知らないわ」

「よく思いだしてください。ぜったい、一枚じゃなかったはず……」

「知らないっていってるでしょ！　なんなの、あんた。警察の人間にでもなったつもり？」

わたしはよく大人を怒らせる。沙希は思った。とくに大人の女を。

鮎子の反応は、出光マリのそれと大差がなかった。沙希がなにかいうたび、苛立ちをあらわにし、取り合うことを拒絶する。

沙希は根気強くいった。「お願いです。よく思いだしてください。契約書は束になってた。そうじゃないですか」

「ええ、そうよ。束になってた。欣也さんがポケットからだしたとき、年賀状がそんなにとどいたのって冗談をいったぐらいだもの。束になってたわよ。それがどうしたの」

「それなら、あなたは文面を見間違えてなんかいない」

舛城がきいた。「なにかトリックが?」

沙希はうなずいた。

「契約書のカードは年賀状みたいに束になってて、輪ゴムでとめてあった。そうでしょ?束の状態のまま、いちばん上のカードにサインさせ、それを引き抜いてから、また次のカードにサインさせた。吉賀社長はあなたにそうさせたはずよね? そうでしょ?」

「そう。たしかそうだわ。駅のプラットホームだった。机に代わるものがないからって、束ごと渡されて、その状態でサインしたの」

「やっぱりね……」

「なんだ?」舛城はきいた。「どういうトリックだ?」

「元橋さんが見た契約書はたしかに、一千万円がもらえるという文書になってたんです。いえ、正確にはそう見えたってことですね。からくりはこうです、このハガキ大のカードが数十枚、きちんと揃えて輪ゴムでとめてあります。文面はぜんぶ借用書です。ただし、束のいちばん上だけは、カードの半分のサイズ、すなわち右半分だけのものが載せてあったんです。右半分だけのカードを束の上の右側に置き、真ん中を輪ゴムで二重にとめれば、切れ目が隠されていちばん上のカードが一枚にみえます。その、いちばん上の右半分だけのカードに、一千万円を譲渡するという文面が書かれていたんです」

舛城は大きくうなずいた。「なるほど。しかしそこにサインすれば、じつは左半分は二枚目のカードだから、借用書にサインしてしまうことになる」

「そうです。そして元橋さんがサインしたカードの左端を持って、左方向に引き抜けば、タネの右半分のカードは輪ゴムに保持されたまま束のいちばん上に残ります。引き抜いたカードの文面は、さっき見たものと同じと思いこんでいたでしょうから、よく見なかったはずです。そしてまた、束のいちばん上にサインした。それを同じように引き抜いて、借用書二枚のできあがり。元橋さんに譲渡の契約と信じさせておいて、連帯借用書にサインをさせたんです」

「そんな」鮎子は愕然(がくぜん)とした。

「元橋」舛城は鮎子をじっと見つめた。「きいてのとおりだ。吉賀はきみをだまし、精神的に不安定なところがあるのを利用して、すべてきみの記憶違いだと思わせてた。だが、正しかったのはきみのほうだよ。きみはいいように騙(だま)され、〝抜けイチ〟の仕事を押しつけられたわけだ」

鮎子の目がしだいに潤んできて、やがて頬を大粒の涙が流れおちた。

「なんてことなの」鮎子はつぶやいた。「ひどい」

「わかったろ、元橋。すべて吉賀の仕組んだことである以上、返済の義務なんかない」

「でも」浅岸が口をはさんだ。「カードの右半分のタネでも見つからないと、物証が……」

「そんなことはない」と舛城は首を振った。「元橋。きみは〝抜けイチ〟で稼いだカネを、貸主の銀行口座に振りこんでいたんだろ？　吉賀が死んだいま、そのカネは黒幕の収入になってる。口座番号からたどってそいつを炙りだしちまえばいい」

沙希はほっとした。

この女性を犯罪者の魔手から救いだすことができた……。

鮎子の目がこちらに向けられた。

穏やかな表情で、鮎子は告げてきた。「ありがとう。あなたのお陰で……」

突然の感情の変化に、沙希は驚きを覚えていた。いままで堪えてきたものと安堵との落差がそれだけ大きかったのだろう。

沙希は安堵とともにいった。「よかったですね」

警視庁地下一階の配車係の前で、舛城は浅岸とともにハイヤーがまわされてくるのを待った。

待合室にいる沙希を、養護施設に送りとどけるための車両。あれだけ捜査に協力してくれたのだ、クルマ代ぐらいは経費で落としてもいいだろう。

浅岸がささやいてきた。「でもやっぱり妙ですよね」

「なにがだ」

「結局、また沙希が事件のトリックを暴いたってことになった。彼女の名声に繋がる結果になった。それ以外に、得をした人間はいない」

「……いや。俺はそうは思わん。元橋鮎子を救おうとする沙希の意志は、損得勘定を抜きにしたものだった」

「どうしてそう言いきれるんですか？」

「勘だよ。あの子は常に正しくありたいと思ってる。今度のことは記者発表されないと判っていても、協力してくれたんだ。ホシは断じて沙希じゃねえ」

「そうでしょうか」

「ああ、そうなんだよ。飯倉も沙希も、降って湧いたマジック詐欺の容疑をかけられた被害者さ。だが、そんな迷走もすぐに終わる。元橋鮎子から聞きだした口座番号をあたればな」

　そのとき、ハイヤーが滑りこんできた。

　舛城は声を張りあげた。「沙希。お迎えが来たぞ」

　はあい。返事がして、沙希が待合室から出てきた。

「沙希」舛城はいった。「いろいろありがとう。感謝するよ。東亜銀行ホールのイベント、どうするんだい？　出演するのか？」

「うん」沙希は微笑とともにうなずいた。「ショックだったけど、飯倉さんがせっかく取ってくれた仕事だから……」

「無理しないでな。今度はちゃんとプロスタッフに指導を受けて、安全を確認してから行えよ」

「わかってますって。刑事さんも、当日時間があったら観に来て」

「いいのか？」

「ええ。……じゃ、またね」

　沙希がハイヤーの後部座席に乗りこむと、舛城はドアを閉めた。

　走り去るハイヤーの赤いテールランプを、黙って見送る。

　悪いが、ショーは観にいけそうにない。主犯を挙げるまでは、へとへとになるまで駆けまわらねばならない。それが飯倉へのせめてもの供養になる。

ステージ

沙希は東亜銀行ホールのステージに立った。

見渡すばかりの客席にはまだ誰もいない。音響のコンソールにスタッフがいるだけだ。しかし舞台上は、照明のセッティングや大道具の搬入に追われる男たちでごったがえしていた。

信じられない光景だった。リハーサル段階とはいえ、これほど大きな舞台の上に立つのは生まれて初めてだ。午前十時。あと九時間ほどで、わたしは大勢の観客の前で演じることになる。スポットライトを、一身に受ける存在となる。

広い舞台だった。客席を含むアイボリー劇場の全体が三つか四つおさまるほどの面積を有するステージ。この広々とした空間を飛びまわることができるのだ。そう思うと、緊張感がにわかに興奮へと変わっていった。

「アースをとれ」スタッフのひとりが怒鳴っている。「それと、これ終わったら仕込み図見ながら明かり合わせだ」

「スポットの当たり、まだ調整してませんけど」

「だから、このあとやるんだよ。その前にケーブルをいったんばらして、照明バトンを飛ばすから」

「わかりました」

スタッフの威勢のいい声が飛ぶ。沙希には、彼らがなにをしているのかまるでわからなかった。別世界に迷いこんだかのようだ。

「里見沙希さん？」呼びかける声があった。

振りかえると、スタッフジャンパー姿のふたりの男がいた。屈強そうな身体つきが周囲の男たちに比べて際立っている。ひとりはスキンヘッドで、もうひとりは角刈りだった。

「あ」沙希はあわてながらいった。「あのう、本日はよろしくお願いします」

「よろしく」スキンヘッドが愛想よく笑った。「われわれは高所作業専門のスタッフです。あなたのパフォーマンスのためにワイヤーを張らせていただきます」

沙希のなかにわずかな困惑があった。

「あの、そのことでしたら昨晩もお伝えしたと思いますが……できればわたし、自分でワイヤーを張りたいんです」

ふたりのスタッフは顔を見合わせ、にやりと笑った。角刈りは首をかしげている。

無理な仕事だと思っているのだろう。沙希はいった。「アイボリー劇場でも、わたしは自分で張ったんですよ。ひとりでやりました。そのほうが微妙な調整が可能なんです。それにこれはマジックのタネだし、秘密をあまり明かしたくはないですし」

「そのう」角刈りが告げてきた。「お気持ちはわからなくもないんですが、ここは小劇場とは違います」

スキンヘッドもうなずいた。「全長八十メートルにもおよぶワイヤーを、あちこちを支点にしながら張り巡らすんでしょう? ご覧の通り複雑な機材がありますし、ワイヤーの支点には滑車も必要になると思います。このホールはローリングタワーでの作業には安全帯の着用が義務づけられてますし、フライングブリッジでの作業にも危険がともないます。われわれは労働安全衛生法で定められた〝足場組立て等作業主任者〟の有資格者ですし、ここでは五メートル以上の高さにおける組み立てとばらしは、われわれじゃないとできません」

「でも」沙希はいった。「わたしは演技を通じて、ワイヤーの支点のどこにどれだけの負担がかかるか、身をもって知ってるつもりです。機材についても、ちゃんと観察すれば影響のないようにワイヤーが通せると思うんですけど……」

「プロにおまかせください。心配いりませんよ」

「……そこまでいうなら。でも、作業に立ち会ってもいいですか」

「いや。あなたはたぶん、メイクとかしなきゃいけないでしょ？　舞台上は見てのとおり、ほかにも大勢のスタッフが立ち働いています。彼らの邪魔にならないように作業するために、いろいろ決まりごとがあります。たとえば照明バトンの調整が終わらないうちは上のほうにワイヤーを通せませんし、キャットウォークに上ることもできません。この規模の舞台になると、チームワークが重要になってきます。演技に備えて体力を温存しておいたら？」

ワイヤーを自分の手で張る、それは沙希にとって信念に近いことだった。

だが、プロとしての彼らの信念も尊重せねばならない。

「そうですね」沙希はあきらめがちにいった。「そうします」

スキンヘッドがきいた。「それで、ワイヤーの図面は？」

沙希は手にしていたノートを差しだした。

ふたりのスタッフは怪訝(けげん)な顔をした。大学ノートだったからだろう。

しかし、それを受けとってぱらぱらとページを繰るうち、ふたりの顔つきは真剣なものに変わっていった。

「なるほど」角刈りがうなずいた。「ミリ単位で図面が描かれてますね。どんなステージの大きさにも合うように、比率も計算されてる。これなら、しっかりとした準備ができそうです」

「ひとつだけ」沙希はいった。「お願いがあるんですけど」

「なんですか」

「ワイヤーを張り終わったあと、舞台の幕が開くまで時間がありますよね。ショーの開始前三十分は、舞台でひとりにしてほしいんです。そのう、鳩とか、いろいろトリックの仕込みが……」

「ああ」スキンヘッドは笑った。「それらを人に見せたくないっていうんですね。わかりました、そうします」

お願いします、と告げて、沙希は客席を見やった。

勝負のときが迫っている。満場の拍手を受けたい。人生が惨めな敗北に満ちたものでなくなる、その一瞬を経験したい。

十分間

舛城は江戸川沿いにある二階建て木造アパートを訪ねていた。

建物そのものはさほど古くない。部屋はすべてワンルームだと聞いている。

銀行の協力で口座の持ち主は割れた。その名を聞いたとき、舛城は少なからず驚いたが、数秒後には驚きは闘争心へと変わっていた。

もとより、刑事という仕事には意外性がつきものだ。いちいち動揺していたのでは仕事にならない。

扉をノックしたが返事はない。平日の昼だ、留守にしていて当然だろう。

捜査令状はまだ出ていなかったが、舛城は待てなかった。管理人に事情を話し、くだんの人物が借りている部屋の鍵(かぎ)を開けてもらうことにした。

管理人が解錠した扉のなかに、舛城は身を滑りこませていった。

室内は片付いて整然としていた。デスクとシングルベッド、本棚、それにいくつかのO

A機器が置いてある。

本棚を埋め尽くしているのは、マジック関係の書籍ばかりだった。

ふんと舛城は鼻を鳴らした。詐欺師が独学でトリックの勉強か。

デスクの上にあるのは一瞬、帆船の模型のように見えた。二本のマスト状の支柱に、無数の糸が張りめぐらしてあるからだ。

だがすぐにそれは、以前にも見たことがあるものだとわかった。

沙希の浮遊術。ロープの張り方をシミュレートしたものだ。

竪穴を降下する錘(おもり)はなく、代わりに糸を巻きつける電動モーター付の滑車があった。沙希の作ったものより本格的だ。

浮遊飛行するマジシャンの身体は、身長五センチほどの粘土の人形で表現されていた。

だが……どうも変だ。なにかが違うように思えてならない。

更に室内を物色する。

消しゴムの粉が床一面に散らばっていた。短くなりすぎた鉛筆も捨ててある。

コピー機のトレイには複写後の紙が山積みになっていた。

それを見たとき、舛城ははっとした。

これは沙希の持っていたノートの複写だ。浮遊術と題されたワイヤーの張り方、細部にわたって指示が書きこまれた図面が、数十枚もコピーされている。

どうしてこんなに複製を作る必要があったのだろう。

舛城はそれらを手にして、ぱらぱらとページを繰った。

すると、同一のはずの図面に、変異がみとめられた。

ワイヤーの張り方が、一部書き換えられている。

まさか……。

息を呑んで、舛城はデスクを見やった。

模型で研究しながら、なんらかの意図を持ってワイヤーの張り方を変えさせるべく、沙希のノートを書き改めた。この部屋の主は、そういう作業をおこなったと思われる。

デスクに歩み寄ると、舛城は滑車に接続されたモーターのスイッチを入れた。

耳障りな作動音とともに、糸が巻きあげられていく。

粘土の人形は二本の支柱の周囲を飛びまわりだした。その動きは、沙希が舞台で演じたのとまるで変わりがない。

ところが、それも数秒のことだった。

次の瞬間、人形は空中で静止した。糸が張力を持ったのがわかる。

ぶちっと音がして、人形はふたつに割れた。

上半身は支柱からぶら下がり、下半身はなおも糸に振りまわされている。

舛城は凍りついていた。

これが奴の意図か。沙希を殺すつもりだ。

すぐさま身を翻し、舛城は部屋を駆けだした。

東亜銀行ホールまで距離がある。開演まであと一時間足らずだ。舛城は廊下を全力疾走した。

吉賀、飯倉が殺された。最後の殺人の標的は沙希だった。なんとしても食いとめねばならない。死のイリュージョンを阻止せねばならない。

沙希はステージの袖(そで)にひとり立ちつくしていた。

幕の開く三十分前からスタッフたちは舞台から姿を消し、沙希ひとりが自由に準備できる状態にあった。

籠(かご)のなかの鳩がくぐもった鳴き声をあげている。沙希は鳩につぶやいた。まだよ、もうちょっとまって。

短時間に激しい労働をしたため、汗だくになっていた。控室にはシャワーがあるが、もう戻っている暇はなかった。メイクだけ直して、上着を羽織って本番に向かわねばならない。

困ったことに、リハーサルの時間はさっぱり与えられなかった。あのふたりのスタッフによるワイヤーの準備が遅れたせいだった。照明と音響のスタッフは、沙希の動きを想定していちおうのリハーサルを済ませたようだが、沙希自身はいちどもこのステージでワイヤーに吊られた経験のないまま、本番を迎えねばならなかった。

緞帳の向こう側から、ざわめく声がする。客席は予想どおり満員で、ダフ屋まで出ているらしい。

客の目当てはむろん沙希ではなく、きら星のように輝く有名なアーティストたちだ。しかしオープニングでは、その声援と拍手を自分に向けさせねばならない。

長く深いため息をついた。

舞台袖にあるワイヤーの巨大な〝動力源〟を見やる。直径二メートルほどもある鉄製の円盤が平行にふたつ並んだ形状をしている。

ワイヤーはこの円盤に巻きつけられることになる。速度は調整可能、クレーンに使われているものと同じモーターが採用されているのだという。

アイボリー劇場のダストシュートとバーベルの組み合わせに比べれば、目を見張るような近代的な装置だった。しかも今度は、演技の終了直後に泡を食ってワイヤーから逃れようと四苦八苦する必要はない。スタッフがスイッチを切れば、ワイヤーはとまる。手づくりの苦労が実を結び、大舞台に華を咲かせる。ついにそのときはきた。

「沙希」背後で女の声がした。

振り向くと、出光マリが立っていた。

ふいの出現に沙希は思わず凍りついた。

マリは薄いグレーのスーツ姿だった。いつも見慣れている衣装を着た姿にくらべると、ずっと年上に見えた。

ゆっくりと近づきながら、マリはいった。「ひとこと、いいたくて来たの」

「なんですか」沙希は、自分の声が震えているのに気づいていた。

危惧(きぐ)とは裏腹に、マリは微笑をうかべた。「おめでとう。沙希」

沙希は驚きを禁じえなかった。

マリは辺りを見渡した。「大きな舞台ね。それも、こんなに大勢のお客さんの前で演じられるなんて。うらやましいわ、本当に心からそう思う」

「マリさん」沙希は複雑な心境のなかでいった。「いろいろ、ごめんなさい」

「なぜ謝るの?」

「だって、わたしはマリさんにひどいことばかり……」

「いいのよ。あなたのいってることは正しいわ。わたしたちは、いつも自分を変える努力を怠ってきた。同じマジックばかり演じて、そのトリックが本来持ってる驚きだけを頼りにして、お客さんにアピールしてきた。飽きられるのもむりないわね。それに、なんとなくわかったの。マジックで自分を高めようとしても無駄だって」

「……どういう意味ですか？」

「沙希。あなたはなぜ、あんなに大勢の人たちに支持されたと思う？　テレビのワイドショーに出たから？　それとも、鳩出しや浮遊のマジックが素晴らしかったから？　もちろん、それもあるわね。でももっと重要なのは、あなた自身の魅力なの。いつも控えめで、歳のわりには大人びていて、じつは情熱もある。そんなあなたが演じるから、マジシャンとして輝いてみえるの。マジシャンっていう職業は、すなわちマジシャンの役を演じる俳優であるって言葉があるけど、ようやくその意味がわかったわ。あなたが魅力的なのは、あなた自身が優れているから。だから人々は、あなたのマジックを見たがる。わたしはマジックを演じることで、自分の欠点を補おうとした。それが間違いだったのね」

「マリさん」沙希は言葉を詰まらせた。なにを話していいのかわからなかった。

「あなたには、わたしにないものがある」マリは静かにいった。「わたしのぶんまで、がんばって」

マリの澄みきった目。こんな目をしたマリを見るのは初めてだった。

沙希のなかにこみあげてくるものがあった。混沌とした感情が、涙になって流れおちた。

「マリさん。ありがとう」

「さあ」マリはうながした。「早くメイクをすませて。手伝ってあげるわ。本番はもうすぐよ」

はい。沙希はうなずいて、鏡の前に座った。

頭のなかでタイムテーブルを復習する。七時開演、幕が開くとともに自分のステージ。浮遊のパフォーマンスが終わるとともに幕が閉じ、司会者が客席に向かってあいさつをする。

そのあいだに、舞台では沙希が撤収、一番手のアーティストがバンドとともにスタンバイする。それが七時十分。

撤収も含めて十分間。それが沙希にあたえられた勝負の時間だった。かならず成功させる。鏡のなかの自分の顔をみつめながら、沙希は誓った。

ホール

舛城は覆面パトカーのステアリングを切り、山手通りを池袋方面に向かって疾走していた。

すでに陽は落ち、闇が辺りを包んでいる。クルマの数が多いうえに、首都高速の地下工事のために中央分離帯が占拠されてしまっている。サイレンを鳴らして隙間を突っ切るにも限度があった。

じれったさを嚙み締めながらサンシャイン通りを目指す。周りに赤いパトランプは見当たらない。捜査本部には連絡済みだが、やはり動くには時間がかかるようだ。

犯人の意図を説明する充分な時間がなく、逮捕状の請求に至るまでの物証も整っていない。この状況では応援に期待するほうが間違っているといえるだろう。

池袋駅東口付近まで来た。渋滞する車道には赤いブレーキランプが連なっている。歩道には群衆があふれかえっていた。

整理の警官がそこかしこにいるが、群衆に対し手がつけられないようすだった。東亜銀行ホールに入れなかった連中だろう。有名アーティストが何組も出演しているのだ、チケットを持たずとも駆けつけるファンは大勢いる。おそらく、イベントの終了後まで混雑がつづくにちがいない。

そのとき、三越の外壁に設置されたオーロラビジョンが目に入った。

ステージに立つ沙希が映っている。アイボリー劇場で観たのとまったく同じ動作で、三羽の鳩を出現させている。

舛城の耳のなかで鼓動の音が響いた。クルマが進まなくなった。ホールはすぐそこだというのに。

時間は刻一刻と経過する。

モニタのなかの沙希が宙に浮きあがった。じきに、舞台全面を飛びまわるだろう。そうなったら……。

もう待てない。舛城はドアを開け放ち、車外に降り立った。

間に合ってくれ。祈りながら、舛城は走った。歩道を埋め尽くす群衆のわきを、全力で駆けていった。

警察手帳を開いて身分証明書を提示しながら、舛城は東亜銀行ホールのロビーを駆け抜け、劇場へと飛びこんでいった。

場内に入ったとき、真っ暗でなにも見えなかった。階段式になっている通路で足を踏みはずしそうになる。かろうじて、ライトアップされたステージが放つおぼろげな光によって、周りの状況が確認できた。

客席は超満員だった。誰もがどよめき、歓声をあげ、拍手を繰りかえしている。

幻想的な青い光のなかを飛びまわる沙希の姿がある。音楽がアップテンポになるにつれて、沙希の動きも激しくなる。沙希は客席に微笑を投げかけながら、空中で向きを変え、自在に飛びつづけた。

舛城は通路を舞台に向かって駆けだした。

ところが、警備員がその行く手をふさいだ。「走らないで下さい。客席はどちらですか」

「いや、観客じゃないんだ。すぐステージにいかないと……」

「とにかく、後ろに下がってください。ほかのお客様の迷惑になります」

苛立ち(いらだ)を覚えながら舛城は警察手帳をしめした。「警視庁捜査二課の舛城だ。出演者に危険が迫っている」

「なんの連絡も受けてませんが……」

わからない奴だ。舛城は警備員を押しのけて先を急ごうとした。

ところが、警備員はあわてたようすで踏みとどまった。「なにをするつもりです」

「放せ。早く沙希に知らせないと……」

「ロビーに出てください。警察を呼びますよ」

「警官は俺だと言ってるだろうが。早くどけ！」

「おい」と背後の観客がいった。「見えないよ。どいてくれよ」

警備員が困惑して立ちつくした隙を突いて、舛城はそのガードをすり抜けた。

「待て！」警備員の声が飛ぶ。

舛城はステージに向かって走った。

沙希の身体が天井高く舞い上がるたびに、ひやりとする。まだなにも起こらない。沙希は優雅に低空へと移行していく。

ほんの一秒後には惨劇が起きる。演技はもう終盤に差し掛かっている。

間に合わない……。

高鳴るシンフォニーとともに、沙希の身体がうねりながら上昇をはじめた。

まずい。あの粘土の人形が切断された高さに昇ろうとしている。

沙希の身体が天井高く停止した。人魚が水中で向きをかえるように、身体をひねりながら舞台の下手側を向いた。

次の瞬間、沙希は微笑とともに客席に手を振り、下手へと飛び去っていった。

音楽が鳴りやんだ。

舛城は唖然として、歩を緩めた。

一瞬の静寂。そして、ざわめき。

その直後、客席は総立ちとなり、割れんばかりの拍手が客席を揺るがした。

どうしたというんだ……。無事に終わったのか？

すべてが凍りつき、時間が静止しているかのようだった。舛城はふたたび走りだした。

奇跡が起きたというのなら、この目でたしかめたい。


がくんという衝撃とともに、沙希の身体は停止した。

ワイヤーが停止すると同時に、慣性で引かれていた自分の身体が今度は重力によって落下し始める。

その寸前に、沙希は支柱のはしごにつかまった。ベルトをはずし、やっとのことでワイヤーの支配から脱した。

耳もとに、歓声がきこえてくる。客席のものではなかった。もっと近い。

見下ろすと、舞台のスタッフたちが支柱の下に集まってきている。誰もが笑顔を浮かべていた。

やった。沙希はようやく達成感を得た。自分はやり遂げた。この広い舞台で、みごとに演じきった。

宙を舞っているあいだも、声援が飛んでいたような気がする。どよめきが起きていたのを、感じたように思う。だが沙希は、無心で演技をつづけていた。環境はほとんど意識に昇らなかった。

安堵がゆっくりと胸のなかにひろがっていく。涙がこみあげてきそうになる。

いま、わたしの演技はこれまでとは比べものにならないほど多くの人々の目に触れた。その結果、喝采があった。

すべての力を出しきった甲斐があった。満足感とともに、沙希ははしごを降りた。

一段ずつ、地上へと降りていく。夢が現実のものとなった地上へ。

床に降り立つと同時に、スタッフたちの笑顔に囲まれた。準備段階では、沙希に声ひとつかけなかった彼らの視線を、いま一身に受けている。その事実が信じられなかった。目の前の光景は映像のように現実感がなかった。

「素晴らしかったよ！」若い男性のスタッフがひときわ大きな声をあげた。「今まで観た舞台のなかで最高だ！」

　現実の時間がふたたび動きだした。さっきまでの時間とはちがう。自分がマジシャンになった、その現実の世界だった。

「……ありがとう」沙希はつぶやきを漏らした。涙に視界が揺らぎはじめた。

そのとき、投げかけられる賞賛の言葉のなかに、ふと異質な声が混じっているのに気づいた。

「沙希！」男の声は叫んでいた。「沙希！」

スタッフたちもその声に気づいたらしい。怪訝な顔をして、辺りを見まわした。

やがて、人垣を割って駆けこんできた男の姿があった。

舛城だった。髪をふりみだし、汗だくになった舛城が、沙希を見た。その血相が変わった。信じられない、そういいたげな表情がひろがった。

「沙希！」舛城はまた大声をあげた。「無事だったか、沙希」

舛城は沙希の前までくると、いきなり抱きしめた。

「よかった、沙希」舛城の声は震えていた。

わたしの出番を客席で見てくれていたのだろう。だが、ここまで喜んでくれるとは思ってもみなかった。

ないでしょ？」沙希は舛城の胸のなかでいった。「そんなに感激しないでよ……。初めて観たわけじゃ
舛城が沙希の両肩をつかんで、顔をのぞきこんできた。「無事なのか、本当に？」

「無事ってどういうこと？　わたしはだいじょうぶよ」

「だが……ワイヤーは、問題なかったのか。ほかの人間が張ったんだろう？」

沙希には、舛城がなにを心配していたのかはわからなかった。

「ワイヤー？　自分で張りなおしたわ。三十分前から、舞台にひとり居残ったの」

「張りなおした？」

「うん。準備はすべてスタッフに任せるようにって言われてたけど……。心配だったから、自分の目でチェックしたの。思ったとおり、何箇所か交差する場所を間違ってたところがあってね。直せてよかった」

「そうか……。そうだったのか。それはよかった。本当によかった」

舛城はなぜか、ひときわ嬉しそうな顔をして沙希を抱き寄せた。

なにか複雑な事情があったらしい。沙希は舛城の顔を見あげた。

「ねえ、舛城さん」沙希は、判然としないと自覚しながらも自分の気持ちをつたえた。

「よくわからないけど……でも舛城さんがここにきてくれたことが、なんだかとても嬉し

い。なんていうか、すごく……舛城さんの気持ちが、伝わってくる気がする」

この感覚は錯覚ではない。沙希はそう思った。

舛城は、わたしの身を案じてくれていた。わたし自身も気づいていなかったなんらかの危険を察知し、駆けつけてくれた。そうに違いない。

こんな思いにとらわれるのは何年ぶりだろう。幼かったころ、両親がまだ健在だったころ、何度も感じた思い。身に危険が及ぶたび、病や怪我をわずらうたび、優しく接してくれた両親の面影。それが舛城とダブって見える。

周りのスタッフが歓声とともに祝福した。至福のとき。沙希は長いあいだ夢にみながら、決して現実のものとならなかった時間のなかにいる、そんな自分を感じていた。

夕陽

沖縄の海もそろそろ秋の気配を漂わせている。

カウンターバーの向こう、小窓から覗(のぞ)く川平(かびら)湾に面した白い砂浜にもひとけはない。

陽射しはまだ強いが、海水がめっきり冷たくなっている。このところ台風が頻繁に訪れたせいだろう。海に浸(つ)かろうとするのは、物好きな白人だけだった。彼らの肌のつくりは日本人とは根本的に違うらしい。

男は石垣島で唯一、昼から営業しているバーの奥まった席に座り、ブランデーグラスを傾けていた。

何杯めになるだろうか。わからない。がらんとした店内は絵画のように時間が静止してみえた。視覚や聴覚はアルコールのせいで鈍っている。

しかし、肝心の思考回路は衰えることがない。そう、これまでも浴びるほどの酒を飲みながら、こうして頭を働かせてきた。たぶんこれからも、そうだろう。

テーブルの上の蠟燭に目を移した。揺れる炎をしばし眺めたあと、メモ用紙に目を落とす。

ボールペンで紙に走り書きをつづけた。ナプキンのように頼りない紙質だが、メモをとるには充分だった。

マジック詐欺はそろそろ打ち止めだろう。代わって世間を騒がすものがあるとすれば、振り込め詐欺しかない。このところ電話で高齢者を狙い打ちにするやり方も限界にきていると言われるが、まだまだ狙い目はある。どうすれば効果的に被害者の数を増やせるだろうか。思いつく方法を列挙し、メモに記入していく。

そのとき、ふいに聞き慣れた男の声が沈黙のなかに飛びこんできた。「なにを書いてるんだ？」

浅岸は顔をあげた。心臓が喉元まで飛びだしそうな衝撃に襲われたが、かろうじて平静な態度を保った。

「舛城さん」浅岸は震える自分の声を耳にした。「こんなところでお目にかかるとは」

「意外だってのか」舛城はいつものように口もとを歪ませ、歩み寄ってきた。

観光目的とはとても思えない皺だらけのスーツ、だらしなく緩んだネクタイ。この地域の気温に慣れていないのだろう、額に汗がにじんでいた。

落ちつけ。浅岸のなかでささやく声がした。舛城はいつものように、搦め手でこちらを追いこもうとするだろう。罠に乗らず、しらばっくれていればいい。

はやる気持ちを抑えながら、浅岸はゆっくりと紙片を折りたたみ、懐におさめた。

舛城は紙片に注意を向けなかった。浅岸の向かいの椅子を引き、腰をおろした。「いつもこの席に座るんだってな。東京から姿を消して以来、ずっと石垣島暮らしか。うらやましい身分だ」

浅岸は笑ってみせた。「無断で欠勤してしまい、申し訳ありません。少々ノイローゼぎみだったので、休暇を思い立ちまして」

「ふうん。捜査二課の刑事にしちゃ安直だな。せめて親の葬式だったぐらいは言ってみたらどうだ？」

「舛城さん……。なにをおっしゃってるんです？」

「江戸川区に借りてたおまえの部屋から、興味深いものが見つかってな。おまえ、いつからマジックのマニアになってた？　手品の本が愛読書だなんて、俺にはひとことも言わなかったじゃねえか」

「さあ……。べつに、プライベートのことはどうでもいいでしょう」

「沙希のノートを奪って、模型をこしらえて仕組みを分析した挙句、惨劇が起きるように図面を書き直して返却か。殺人だな。未遂に終わって気の毒だったが」

「なんのことやら」浅岸はボトルを押しやった。「一杯どうですか」

「なあ浅岸。顔がうりふたつで、生年月日も同じ、両親も同じの女の子がふたりいた。ところが彼女たちは双子じゃない。どうしてだと思う」

少しずつ反応を引きだすための罠。明白だった。しかし浅岸は、知性への挑戦に抗いきれなかった。

なめられたくはない。浅岸は答えた。「三つ子か四つ子か五つ子。あるいはそれ以上だったからでしょう」

「正解だ。じゃ、これはどうだ。キャンドルスタンドに、火のついた五本の蠟燭が立っていた。風が吹いて三本の火が消えたのち、風が入ってこないように窓を閉めた。残った蠟燭は何本だろうな」

「二本。といいたいところですが」浅岸はテーブルの上の蠟燭を一瞥した。「火のついていたその二本は燃え尽きる。だから残った蠟燭は三本」

「さすがに頭がいいな、浅岸。それだけ詐欺師の心理を先読みできれば、捜査二課でやっていくには充分だったろう。じっくり肝を据えて地道に頑張ればよかったものを、功を焦っちまったな」

まだにやついたままの舛城の顔を、浅岸はじっと見かえした。

「決まり文句ですが」浅岸はいった。「なにか物証は?」

「物証ね」舛城はくつろいだ姿勢をとり、懐からハイライトを取りだした。「おまえの部屋から見つかった図面のコピーだけじゃ不足か? 書き換える前と、その後の両方が複写してあった」

「いっこうに記憶にないですけど。誰かの罠かも」

「そうだな。俺もそう信じたかったよ。このタバコがおまえの部屋から見つかるまではな」

「タバコ?」

「そう。鹿児島の工場で作られ、沖縄に向けて出荷してるものだ。この近辺の店にしか売ってない。それで県警に要請して見張らせたところ、おまえがここに出入りしている事実が浮上した」

ハッタリだ。舛城がどうやってここを突きとめたかは定かではないが、タバコで足がつくはずがない。

「推理小説の読みすぎじゃないですか、舛城さん。タバコに製造工場別の番号が記載されてたのは昔の話ですよ」

「残念ながらそうでもねえんだ。タバコにゃ微量の硝石が染みこませてある。硝石ってのは火薬の原料だ。葉が硬く巻かれた風通しのよくない紙巻きタバコを置きタバコしても火が消えないようにするためだな。たまにプスプスとくすぶるのは、硝石の濃いところが燃えるせいだ。湿度の高低で硝石の量はちがう。鑑識の調べで沖縄向けのハイライトだってわかった」

「たったそれだけの物証でここまで来てみたわけですか。……あなたらしいやり方だ」

「だろ？　だが俺のほうとしては、おまえっていう男がいまひとつ見えてないんでな。そんなに検挙者数を増やしたかったか？」

「……そう思わない刑事はいないでしょう。警察官は逮捕件数で評価が決まりますから」

「たしかにな。刑法犯検挙人員が業績評価の基本ってことになってるからな。ところが捜査二課の扱う詐欺事件なんてものは、滅多なことでは検挙に至らない。さんざん駆けずりまわっては証拠不十分で不起訴、その連続だ。おまえはほかの課にいる同期の連中に差をつけられてきて、焦りだした。そうだな？」

「それがどうしたってんです。僕は依然として、検挙率など上がらずじまいですよ」

「おまえの計算通りに事が運ばなかったからだろ。悩んだおまえが思いついたのは、俺たち捜査二課の刑事たちが軒並み頭を抱えちまう難事件を起こし、おまえがそれを解決するっていう夢物語だった。騙しのテクニックが割れていない新しい詐欺事件が起きて、おまえひとりがその答えを知っていれば、当然解決できるのはおまえひとりだからな。おまえはごく単純に、詐欺ってのは人を騙す犯罪だから、同じく人を騙す技術の宝庫であるマジックに目をつけた。マジックを詐欺に応用すれば俺たち捜査員は見破れない。そう思ったわけだな？」

「……あなたの想像力には感服しますよ」

「いや俺もさ。おまえの非常識な発想には本当に、心から尊敬するよ。業界の老舗であるマジック・プロムナードに足しげく通って、マジックのタネを買ってはそれを応用した詐欺を考え、詐欺師どもに無償で伝授してやったわけだ。マジック・プロムナードの店長だった吉賀もその顧客のひとりになったわけだな？　おまえの思惑通り、マジック詐欺は大流行。俺たちゃお手上げ。ところが、沙希っていう天才少女がいたのは誤算だったな。おまえが受けるはずの賞賛を、彼女は無意識のうちにかっさらっちまったわけだ」

「それで頭にきて、彼女を殺そうとしたっていうんですか」

「この先も詐欺を見抜かれたんじゃ、おまえの計画がちっとも進まないからな。おまえ、俺とふたりでマジック・プロムナードに行ったときには心臓バクバクだっただろ？　幸いバイト店員はおまえを知らなかったようだが、店長の吉賀は顧客だしな。吉賀を雑居ビルの地下に呼びだして、殺したのもおまえってわけだ」

「飯倉もそうだってんですか？　僕がなぜそこまでのことを……」

「する必要があっただろ。浅岸。飯倉は元詐欺師だ、勘も働く。そのうえマジック・プロムナードの経営者だ。あの店には本物の防犯カメラもなく、おまえが店を訪ねていた証拠は残ってないが、飯倉は従業員らの話を聞ける立場にある。あいつが事件捜査に協力している以上、いずれ真相にたどりつく」

「それでまた口封じをしたと。舛城さんの話では、僕は二人も殺している極悪人ということになりますが」

「事実だからしょうがねえだろ。警官には自作自演で業績を挙げようとする腐った輩が少なからずいるが、おまえもそのひとりだったわけだ」

　動揺はなかった。浅岸のなかにあるのは苛立ちだけだった。

　確たる物証もないくせに、状況証拠を羅列することで精神的に追い詰めようとしている。そんな古い手が通用するか。

　すまし顔をつとめながら、浅岸はめまぐるしく思考を働かせていた。

結局のところ、舛城にとっては江戸川区のアパートで見つけたものがすべてだ。それ以外に、こちらの立場を悪くするような物的証拠はなにひとつない。

このポケットのなかのメモ以外には。

そのとき、舛城はふいに微笑を浮かべた。「顔いろが変わったな、浅岸。なにかやばいことでも思いだしたか」

くそ。浅岸は思わず唇を嚙んだ。

こんなことで動揺するとは、自分も堕ちたものだ。

舛城は手を差しだした。「そういえば、さっきなにか書いてたな。みせてみろ」

焦燥が募る。

ありえない。こんなに勘が冴えている刑事はみたことがない。あのメモが犯罪に結びつくと、どうやって気づきえたというのだ。

それとも、こちらの思考はすべてお見通しだとでもいうのか。

浅岸は自分の声がうわずっているのを承知でいった。「裁判所命令でもないかぎり、警察は一個人のプライバシーを侵すことはできないでしょう」

「それがな」舛城は懐から書類をだした。「できるんだ」

それがなんの書類か、たしかめるまでもなかった。令状だ。だがなぜだ。状況証拠だけで、どうやって令状をとることができたのだ。

舛城の顔から、いつの間にか笑いが消えていた。冷ややかな目が浅岸をとらえた。「さっさとメモをだしな」

逃れられない。浅岸は直感的にそう思った。メモは走り書きではあっても、詐欺の計画を練っていたことは充分に読みとれる。

あわてるな、と浅岸は自分に言い聞かせた。こうなることも想定の範囲内だ。追い詰められたときのために、瞬時に処分可能なメモ用紙を使っている。

視界のなかで蠟燭の炎が誘うように揺らいだ。卓上の蠟燭。これだ。

浅岸はそっと懐のメモを取りだした。

次の瞬間、そのメモを蠟燭の炎にかざした。フラッシュペーパーは一瞬の閃光を放ち、宙で燃え尽きた。

閃光の残像が視界を舞う。その向こうに、座ったままの舛城の顔があった。

ぐうの音もでまい。

「おっと」浅岸はいった。「すみませんね。うっかりしまして」

舛城の顔は硬かった。苦い顔だと浅岸は思った。

だが、よくみるとそうではなかった。憂いのない、ただ冷ややかな目つきが射るように浅岸をまっすぐ見つめていた。

「浅岸。おめえ、この石垣島に逃げてきてから毎日、この酒場に通っては次の計画を練ってただろ。マジック詐欺はもう役に立たねえから、ほかに解決困難な詐欺を考えようとしてたな。きのうは振り込め詐欺とリフォーム詐欺に方法を絞りこんでたみたいだが、きょうはどんな結論に行き着いた？　たぶん振り込め詐欺のほうが有益だと考えて、効果的な方法を考えようとしてたところじゃないのか」

浅岸は凍りついた。かつて体感したことのない寒さが全身を包んだ。

ようやく、ひとことを絞りだした。「なぜ」

舛城の顔にふたたび、不敵な笑みが浮かんだ。ふいに舛城はテーブル上の蠟燭を吹き消すと、ブランデーのボトルやグラスとともに床に払い落とした。ガラスの割れる音が店内に響き渡る。

舛城の指が、木目テーブルの端をつまんだ。テーブルの表面は、びりびりと音をたてて剝がれていった。いや、正確にはそれはテーブルの表面ではない。それに見紛う木目の壁紙シールが貼ってあったのだ。

本当の表面は、その下から現れた。振り込め詐欺、リフォーム詐欺という文字ははっきりと読み取れた。

カーボンで転写された文章。ここ数日の、浅岸の犯罪計画のすべてだった。

「浅岸。犯罪を画策していた疑いがある参考人として、事情をきくことにする。なぜこれらの計画を立てたかを考えれば、これまでのおまえの所業もあきらかになるだろう」

浅岸は無言で、テーブルを埋め尽くした計画の数々を眺めていた。

犯罪の日々。自分が過ごした日々。それはふいに終わりを告げ、過去となった。思考が停止したのち、またゆっくりと動きだす。そこには、張り詰めていた世界から解き放たれた自分がいた。

冷静だった。自分でも驚くほど、なにも感じなかった。

浅岸は舛城にいった。「みごとなトリックですね。自分でも満足でしょう?」

舛城は顔いろひとつ変えずにいった。「いいや、ちっともだ。こいつは人の考えた手品のタネ、それも売り物だ。おまえに欠けてたのは、オリジナリティだよ」

「オリジナリティ……?」

「ああ。おめえ、端(はな)からマジックを詐欺に利用しようっていう不純な動機で学んだせいで、知識にも偏りがあったな。リンキングリングやサムチップについてまるで知らなかったのは、一見して詐欺には転用できそうにない現象だと思ったからだろ?　基本が抜けてる奴がうまくいくはずもねえ」

「きちんと基礎から学んでいれば、しくじらずに済んだっていうんですか」

「いいや。おまえが借り物主義者である以上、結果は同じさ。詐欺師のくせに、やり方を自分で考えずに、買ってきたタネを使おうとした。おまえひとりが独占してる秘密じゃない以上、当然ばれるときがくる」

沈黙が訪れた。その静寂にこそ耳を傾けたい、そんな気がしていた。

ため息をつき、舛城は真顔でいった。「取り調べは東京に帰ってからにしたいが、ひとつだけ、どうしてもいま聞いておきたい。どうしてそんなに出世したかった?」

ふっ。笑いが漏れた。

なぜ笑ったのだろう。自分でもわからなかった。

その笑いと同じぐらい無意味に思える言葉を、浅岸はつぶやいた。「マジック・プロムナードに立ち寄ったのは偶然でした。初めてディーラーに見せられた手品は、箱に入れたサイコロの目を当てるってやつでね。とんでもなく不可能に思えた。こんなことができるのなら……」

「詐欺に使い放題。ってか?」

「不可能が可能になるなら、僕もその力を自分自身に役立てたいと思ったんです」

「マジックの魔力に魅せられたってことか」

「そうですよ。あれだけの知恵に彩られた世界を知れば、誰だってそれを悪用したくなるってもんです」

「浅岸。おまえの言いぶんは、人を射殺しておいて拳銃（けんじゅう）のせいにしたがる輩と同じだ。詐欺師ってのは、総じてそういう身勝手な拡大解釈を甘えの言いわけに使う。おまえもそうだな。詐欺師。それが、おめえの人生さ」

人生。

この刑事はいま、浅岸の人生を詐欺師と断じた。

浅岸は憤りとともに口走った。「あなたにはなにもわかりゃしない。僕のことなんか、わかりゃしない」

「わかりたかねえな」舛城は静かにいった。「おまえほどの頭があれば、人生のどこが間違ってたかは理解できるだろう。魔法に頼る自分を捨て去りさえすれば、な」

微風のような感触が、その言葉にはあった。

小窓の外にみえる砂浜、四角く切り取られた写真のような眺めに、風が吹いた。

砂が流れていった。時間の止まった世界から解き放たれ、現実の世界が周りにひろがっていく。

感慨に似た味わいのなかで、浅岸は少しずつ赤く染まっていく雲を眺めていた。

旅立ち

成田空港の国際線ロビーで、舛城はチケットの搭乗手続きをおこなっている沙希の背を眺めていた。

沙希と一緒にいる老婦は施設で幼少のころから世話になった人物らしい。給料をほとんど受け取らず、ボランティアで働いているという。

このご時世に見あげたものだと舛城は思った。沙希は案外、その成長過程において独りではなかったのかもしれない。尊敬すべき、人生の規範となる大人に無意識のうちに触れあってきたのだろう。

誰も独りでは生きられない。沙希も、幼くして絶たれた両親への想いを、以後出会った大人たちに無心にぶつけたにちがいなかった。

沙希が舛城のもとに駆け戻ってきた。

コートを羽織った沙希は、前よりずっと大人っぽくみえた。服装のせいだけではないらしい。会わなかった数か月のあいだに、この子は成長したのだ。

「舛城さん」沙希はにっこりと笑った。「わざわざ見送りにきてくださって、本当にありがとう」

「すまねえな、見送りが俺みたいなやつだけなんて。中学生のきみは冬休みだが、大人の世界はまだ毎日忙しくてね。きみにはいろいろ教わったな。心から感謝してるよ」

「こちらこそ」沙希は微笑した。

「それにしても、ドイツのドレスデンなんて遠いところまでいかなきゃならないのか」

「FISM世界大会は、毎回開催地が変わるんです。今年はドイツってこと」

「きっと優勝するよ」

「どうかな」沙希は照れくさそうに笑った。「世界の壁はそんなに低くないのよ。一日二十四時間、どっぷりマジックの研究に浸っている人たちが山ほど参加するの」

「きみだってそうじゃないか。だいじょうぶ。きっとうまくいくよ」

沙希は黙ってうなずいた。

澄んだ瞳(ひとみ)。十年前と同じ目をしている。あの夏の日、この少女とはじめて出会った。あのときは自分の人生において、この少女と再会を果たすことになるとは夢にも思わなかった。

飯倉は、沙希と出会ってからすぐ、自首も同然に捕まった。以後、飯倉は詐欺の道から足を洗っていた。

この少女が、詐欺ひとすじだった飯倉の人生を変えたのかもしれない。沙希は決して、マジックを悪用することに魅せられたりはしなかった。あの奇跡を実現する知恵の数々を、純粋に人を楽しませるための芸術として極めようとしていた。

人は常に悪魔のささやきから逃れられないわけではない。そのことを、沙希は教えてくれた気がする。

アナウンスが流れた。「JAI774便ドレスデン行きにお乗りのお客様にご案内申し上げます。間もなく、搭乗手続きが締め切られますので……」

「いかなきゃ」と沙希はいった。

「ああ。気をつけてな」

「ねえ、舛城さん」

「なんだ」

「いま、わたしがなにを考えてるかわかる?」

「さあな」

「人って、そんなものね」沙希はあきらめにも似た微笑をうかべた。「心が通じ合うなんていっても、結局、言葉を耳できいて、目で表情を見る、それしかできない。本心なんて、誰にもわからない。だから、だましたり、だまされたりする」

「沙希。そんなことはない。物理的には以心伝心なんてないかもしれないが、心ってものは通じあえる。真の心はつたわるもんだ。だからきみは、世界大会への出場権を手にしてここにいる。人生は、いくらでもいい方向に転ぶんだよ。いまなら、そう信じられるだろう？」

そうね、と沙希はいった。「そんな気がする」

「さ、急がないと」

「ええ」沙希はそういって歩きだした。手を振りながら沙希はいった。「ありがとう、舛城さん。またね」

「ああ、またな」

トランクを片手に、老婦とともにゲートのなかに消えていく沙希の後ろ姿を、舛城は眺めていた。沙希が見えなくなると、舛城は歩きだした。

帰ろう。舛城はつぶやいた。妻と娘の待つ、温かい家庭に。

著者あとがき

本書『マジシャン』は過去に四度も映像化の話がありました。そして、制作側との話し合いの結果、一度たりとも成立に至りませんでした。

その最たる理由としては、この小説で明かされているマジックの種の数々を、そのまま映像化できるものと制作側が思いこんでいることにあります。

小説は文章で読み進んだイメージを想像するものですから、バニッシュやパームといわれても、読者は「ふーん。そんなことで騙せるものなのかな。本当かもしれないし、嘘かもしれないな」と思いながら読むものです。「たぶん本当だろう」と思った読者の前で、本書を読了した直後にコインバニッシュをやっても、見事にひっかかります。そして彼らは、笑いながら言うのです。「やっぱり本に書いてあったことはデタラメじゃないですか。で、いまのはどうやったんですか?」

マジック愛好家およびプロマジシャンの方々、ご安心ください。文学という都合上、事実に基づく描写をすることは至上命題なのですが、マジックを知らない読者はそれぞれに違った形で、タネについて解釈をします。マジックの本当の種が頭に焼きついている方々には、すべての描写が生々しく思えるかもしれませんが、ごく一般の読者の方々には「企業の暗部を暴いたフィクション小説」などと同様に、その真なる動きや理念、心理作用、速度などはまったく思い浮かばないものです。

現実性にこだわったのは、取材を通じて知り合ったプロおよびセミプロのマジシャン諸氏の、辛く楽しい業界の日々を作品に反映させたかったからで、本書が特に重点を置いているのは、そのあたりなのです。

けれども、映画やテレビドラマの制作者には、これらのことは伝わりません。『催眠』や『千里眼』のときもそうでしたが、映像化を持ちかけてくる側の人間はその業種や業界の事情について何も知らないのです。

バニッシュ、パーム、フォースなどは、マジシャンにとっては映像においてタネを明かしてはならない企業秘密の範疇ですし、映像作品にするならば、ふたつの解決策のいずれかを選ばねばなりません。

ひとつには、子供向けの奇術入門書などにも記されているような、シンプルかつその場かぎりのタネのみを明かし、プロマジシャンが使う技法についてはすべて伏せるというやり方。

もうひとつには、フィクションであることに徹し、あたかもプロマジシャンが用いているかのような新しい技法やギミックを発案することです。これらは、本当に実用性のあるタネでなくてもかまいません。その作品のなかでのみ、現実として機能していることにすればよいのです。

たとえばサムチップの代わりに手首から上すべてが本物そっくりに動作する「ロボット手」、カーボンの代わりに特殊な偏光ガラスを通じて透視できる「ギミック眼鏡」などが考えられるでしょう。描きたいのは登場人物たちの動向であって、タネそのものではないのです。

マジックにおいて日本よりも先進国である欧米では、マジシャンの利権は殊更に強く守られています。

「刑事コロンボ」の「魔術師の幻想」ではケース・バイ・ケースを使ったごく簡単な予言の種明かしがありましたが、これが「子供向けの奇術入門書などにも記されている」タネです。もうひとつ、無線機のギミックもタネ明かしされていましたが、これはマジシャンならお解りの通り、実際の用い方とは異なっています。これが「作中のみ成立する新しい技法の発案」です。

同じく「刑事コロンボ」の新シリーズ「超魔術への招待」では、デックすべてが同一のカードというフォーシングデックが少年マジシャンの演技中にさらりと映像でタネ明かしされています。これも誰でも考え付くようなタネです。犯人は殺人現場で証拠品となる弾丸をクラシックパームで持ち去りますが、技法については事細かには説明しません。これもうまくタネ明かし被害を防いでいます。

「スパイ大作戦」でも新案ギミックは目白押しで、例えば第一シーズンに「裏の裏」というエピソードがあります。カードテーブルの下にモーターで動くマジックアームがセットされていて、これによりカードをすり替え、隣りの人に渡すことができるというものですが、マジシャンならこんな大げさな機械を使わないのは常識でしょう。それでもこの作品では、マジックの技法をタネ明かしする代わりに、わざわざ新しいSFチックなアイディアを投入したわけです。同エピソードでは、斜めに置いた鏡を使って箱（作中ではテーブルの下）がからであるように見せかけるトリックについては種明かしされているので、制作側にマジックの知識があったことはあきらかです。

ところが『マジシャン』の映像化依頼に来たスタッフたちに、これらの作品のDVDを観せたうえで、前述のような業界事情を説明しても、まったく意に介さないのです。ちんぷんかんぷん、何をいっているのかわからないという顔をします。

彼らにしてみれば、手品の実演と種明かしで安価かつ安易に視聴者の興味を引っ張れると思っていたのに、そこまで頭を使って制作するとなると二の足を踏まざるをえない、という心境なのでしょう。

しかし、映像化を思い留まったほうが彼らのためでもあります。パームやバニッシュの種明かしを忠実に映像化したら、日本はもとより世界からの非難を浴びることは確実ですから。

そういうわけで、過去の映像化案はどれもお断りさせていただきました。原作者としての僕のスタンスは以上のようなものであり、従って、もし本書が映像化されることがあれば、それはこれらの問題点をすべてクリアーしたうえで制作される状況が整ったことを意味します。ですから業界の方々、セミプロやマジック愛好家の方々、ご安心ください。

なおこの『完全版』では、旧作を思い切って凝縮して短くし、テンポを速めると同時に、詳細な描写を省いて読みやすくしました。また、途中からは旧作とはまったく異なる方向に話が進みます。これには旧作をお読みになった方こそが驚かれることでしょう。

著者

解説──『マジシャン』を読むマジシャン

小石　至誠（ナポレオンズ）

「マジシャンは、何でもたちまち物を増やすことができます。何か、増やしてほしい物がありますか？　どうぞ、おっしゃってみて下さい」

そう観客に問いかけると、会場のあちこちから、

「お金」

「お札」

「一万円」

という声が聞こえてくる。マジシャンはすかさず、

「皆さん、夢のないご意見、ありがとうございます」

観客のひとりから一万円札を借りて、

「さて、何枚に増やしたらよろしいですか？」

観客は、

「十枚」

などと、好きなことを言う。

「お客様、十枚は無理です。こちらにも予算の都合があります」

マジシャンは適当に返しながら、

「では、二枚にしてお返しをします。さて、この一万円札は、お客様から借りたものです。タネ、仕掛けはありません。また、一切の怪しい行為はせず、変な道具も使いません」

マジシャンは念を押し、一枚の一万円札を手の中で小さく折り畳み始める。続けて、折り畳んだ一万円札を再び広げていく。すると、間違いなくたった一枚の一万円札が、なんと二枚の千円札になっている。

客席からどよめきが起きる。マジシャンはにっこりと笑顔になって、

「はい、どうぞお持ち帰り下さい」

一万円札を貸した観客は、複雑な面持ちで、

「これじゃぁ、ちょっと……」

マジシャンは真顔になって、

「いいですか皆さん、覚えておいて下さい。世の中にうまい話はないのです。知らない人

にお金を預けて増やしてもらおうと思うと、こんな落とし穴があるのです」

続けて、

「でも、ご安心を。マジシャンは奇術師で、詐欺師ではありません」

そう言って、再び二枚の千円札を手の中で折り畳んでいく。すると、今度は、なんと二枚の五千円札に変わっている。

「二枚の五千円札になって、専門用語で両替と言っています」

拍手と笑いが会場を満たす。


さて、このマジックのトリックとは？　本書を読んだ貴方（あなた）なら分かりますよね。この不思議なマジックのトリックは、普通の皆さんには想像すら不可能なトリックのはずです。ところが、本書の中には秘密のトリックが完璧（かんぺき）なまでに詳しく、しかも実にあっさりと解説されている。マジシャンとしては、誠に都合が悪い小説なのである。しかも、マジックのトリック解説に一分の隙もなく、

「はい、その通りです。私がやりました」

マジシャンは、静かに頭（こうべ）を垂れるしかない。

しかし、マジシャンが本当に恐れおののいてしまうのは、実はトリックを完全に暴かれ

てしまうことではないのだ。読み進むうち、マジシャンの背中にひやりと汗が滲み出すのは、マジシャンの心情を完膚無きまでに描き出されてしまっているゆえなのだ。時に怠惰であったり、時に狡猾であったりするマジシャンの日常。焦燥、嫉妬、簡単なトリックに騙されてしまう観客を見て密かに覚えてしまう、劣等感の裏に隠れた優越感。まるでパンドラの箱を開けられたかのようだ。マジシャンの本当の秘密を、著者は鋭く見破り暴き出してしまうのだ。

なのに、本書はマジシャンを決して不快にはしない。なぜなら、マジシャンが何より魅了され愛してさえいるマジックの命、トリックを、見事なまでに物語の伏線として活かしているからに他ならない。その痛快さは、マジシャンが観客になって、目の前で繰り広げられる素晴らしいマジシャンのテクニックに見惚れているような感覚なのだ。

無論だが、マジシャンでなくとも、読者は不思議で鮮やかなマジックが連続する物語を堪能し、トリックの見事さに酔えることだろう。

『マジシャン』を一気に読み終えて、遠い昔にある国の国内線に乗った時のことを思い出した。

小さな飛行機、あいにくの雨と風。雨に打たれながら風に揺られながら、飛行機は不安定なフライトを続ける。シートベルトを握る手に、じっとりと汗が滲む。だが、もう一方で、未知の国での初めての体験に心は昂揚している。やがて、飛行機は降下を始め、赤いレンガの家並みが美しい街に滑り降りる。タラップを降りると、濃いブルーの空から暖かい陽射しが降り注いだ。

どこまで暴かれてしまうのか？　読み始めてすぐにそんな不安がよぎる。だが、その不安はたちまち興奮に変わり、思わぬ描写にどきりとする。読み進むスピードが一気に速まり、やがて最後のひと文字まで読み終えてしまう。ふぅ、と息を漏らし、ふわりと心地好い余韻、読後感に浸る。旅の続きを願うように、僕は登場人物たちのその後を夢想した。

素敵な物語のあとのデザートに、数字のマジックをひとつ。

「まず、頭の中に1から9までのうち、好きな数字をひとつだけ、思い浮かべて下さい。もちろん、言わないで下さい。変えないように、忘れないように。さて、その数字にまず1を足して下さい。次に、出た答えを2倍して下さい。更に、出た答えに4を足して下さい。そうしたら、その答えを2で割って下さい。さぁ、最後に、その答えから、貴方が最初に思った数字を引いて下さい。今、皆さんの頭の中に、秘密の数字が浮かんでいます。その数字は……」

「貴方の秘密の数字は、3でしょう?」

本書は二〇〇三年六月、小学館文庫より刊行された作品に大幅な修正を加えたものです。

この物語はフィクションです。登場する個人・団体等はフィクションであり、現実とは一切関係がありません。

マジシャン　完全版

松岡圭祐

平成20年 1月25日　初版発行
令和7年 6月30日　5版発行

発行者●山下直久

発行●株式会社KADOKAWA
〒102-8177　東京都千代田区富士見2-13-3
電話　0570-002-301（ナビダイヤル）

角川文庫 14997

印刷所●株式会社KADOKAWA
製本所●株式会社KADOKAWA

表紙画●和田三造

●お問い合わせ
https://www.kadokawa.co.jp/（「お問い合わせ」へお進みください）
※内容によっては、お答えできない場合があります。
※サポートは日本国内のみとさせていただきます。
※Japanese text only

ISBN978-4-04-383616-1　C0193

◆◆◇

角川文庫発刊に際して

角川源義

第二次世界大戦の敗北は、軍事力の敗北であった以上に、私たちの若い文化力の敗退であった。私たちの文化が戦争に対して如何に無力であり、単なるあだ花に過ぎなかったかを、私たちは身を以て体験し痛感した。西洋近代文化の摂取にとって、明治以後八十年の歳月は決して短かすぎたとは言えない。にもかかわらず、近代文化の伝統を確立し、自由な批判と柔軟な良識に富む文化層として自らを形成することに私たちは失敗して来た。そしてこれは、各層への文化の普及滲透を任務とする出版人の責任でもあった。

一九四五年以来、私たちは再び振出しに戻り、第一歩から踏み出すことを余儀なくされた。これは大きな不幸ではあるが、反面、これまでの混沌・未熟・歪曲の中にあった我が国の文化に秩序と確たる基礎を齎らすためには絶好の機会でもある。角川書店は、このような祖国の文化的危機にあたり、微力をも顧みず再建の礎石たるべき抱負と決意とをもって出発したが、ここに創立以来の念願を果すべく角川文庫を発刊する。これまで刊行されたあらゆる全集叢書文庫類の長所と短所とを検討し、古今東西の不朽の典籍を、良心的編集のもとに、廉価に、そして書架にふさわしい美本として、多くのひとびとに提供しようとする。しかし私たちは徒らに百科全書的な知識のジレッタントを作ることを目的とせず、あくまで祖国の文化に秩序と再建への道を示し、この文庫を角川書店の栄ある事業として、今後永久に継続発展せしめ、学芸と教養との殿堂として大成せんことを期したい。多くの読書子の愛情ある忠言と支持とによって、この希望と抱負とを完遂せしめられんことを願う。

一九四九年五月三日

角川文庫ベストセラー

マジシャン　最終版　松岡圭祐

マジックの妙技に隠された大規模詐欺事件の解決に、マジシャンを志す1人の天才少女が挑む！　大ヒットした知的エンターテインメント作「完全版」を、さらに大幅改稿した「最終版」完成！

クラシックシリーズ
千里眼完全版　全十二巻　松岡圭祐

戦うカウンセラー、岬美由紀の活躍の原点を描く『千里眼』シリーズが、大幅な加筆修正を得て角川文庫で生まれ変わった。完全書き下ろしの巻まである、究極のエディション。旧シリーズの完全版を手に入れろ!!

千里眼
The Start　松岡圭祐

トラウマは本当に人の人生を左右するのか。両親との辛い別れの思い出を胸に秘め、航空機爆破計画に立ち向かう岬美由紀。その心の声が初めて描かれる。シリーズ600万部を超える超弩級エンタテインメント！

千里眼
ファントム・クォーター　松岡圭祐

消えるマントの実現となる恐るべき機能を持つ繊維の開発が進んでいた。一方、千里眼の能力を必要としていたロシアンマフィアに誘拐された美由紀が目を開くと、そこは幻影の地区と呼ばれる奇妙な街角だった――。

千里眼の水晶体　松岡圭祐

高温でなければ活性化しないはずの旧日本軍の生物化学兵器。折からの気候温暖化によって、このウィルスが暴れ出した！　感染した親友を救うために、岬美由紀はワクチンを入手すべくF15の操縦桿を握る。

角川文庫ベストセラー

カウンセラー完全版　松岡圭祐

有名な女性音楽教師の家族を突然の惨劇が襲う。家族を殺したのは13歳の少年だった……彼女の胸に一匹の怪物が宿る。臨床心理士・嵯峨敏也の活躍を描く「催眠」シリーズ。サイコサスペンスの大傑作!!

後催眠完全版　松岡圭祐

「精神科医・深崎透の失踪を木村絵美子という患者に伝えろ」。嵯峨敏也は謎の女から一方的な電話を受ける。二人の間には驚くべき真実が!!「催眠」シリーズ第3弾にして『催眠』を超える感動作。

万能鑑定士Qの事件簿（全12巻）　松岡圭祐

23歳、凜田莉子の事務所の看板に刻まれるのは「万能鑑定士Q」。喜怒哀楽を伴う記憶術で広範囲な知識を有す莉子は、瞬時に万物の真価・真贋・真相を見破る！　日本を変える頭脳派新ヒロイン誕生!!

万能鑑定士Qの推理劇　I　松岡圭祐

天然少女だった凜田莉子は、その感受性を役立てるすべを知り、わずか5年で驚異の頭脳派に成長する。次々と難事件を解決する莉子に謎の招待状が……面白くて知恵がつく、人の死なないミステリの決定版。

万能鑑定士Qの推理劇　II　松岡圭祐

ホームズの未発表原稿と『不思議の国のアリス』史上初の和訳本。2つの古書が莉子に「万能鑑定士Q」閉店を決意させる。オークションハウスに転職した莉子が2冊の秘密に出会った時、過去最大の衝撃が襲う!!

角川文庫ベストセラー

万能鑑定士Qの推理劇 Ⅲ　松岡圭祐

「あなたの過去を帳消しにします」。全国の腕利き贋作師に届いた、謎のツアー招待状。凜田莉子に更生を約束した錦織英樹も参加を決める。不可解な旅程に潜む巧妙なる罠を、莉子は暴けるのか!?

万能鑑定士Qの推理劇 Ⅳ　松岡圭祐

「万能鑑定士Q」に不審者が侵入した。変わり果てた事務所には、かつて東京23区を覆った〝因縁のシール〟が何百何千も貼られていた！　公私ともに凜田莉子を激震が襲う中、小笠原悠斗は彼女を守れるのか!?

万能鑑定士Qの探偵譚　松岡圭祐

波照間に戻った凜田莉子と小笠原悠斗を待ち受ける新たな事件。悠斗への想いと自らの進む道を確かめるため、莉子は再び「万能鑑定士Q」として事件に立ち向かい、羽ばたくことができるのか？

万能鑑定士Qの謎解き　松岡圭祐

幾多の人の死なないミステリに挑んできた凜田莉子。彼女が直面した最大の謎は大陸からの複製品の山だった。しかもその製造元、首謀者は不明。仏像、陶器、絵画にまつわる新たな不可解を莉子は解明できるか。

万能鑑定士Qの短編集 Ⅰ　松岡圭祐

一つのエピソードでは物足りない方へ、そしてシリーズ初読の貴方へ送る傑作群！　第1話 凜田莉子登場／第2話 水晶に秘めし詭計／第3話 バスケットの長い旅／第4話 絵画泥棒と添乗員／第5話 長いお別れ。

角川文庫ベストセラー

万能鑑定士Qの短編集 II　松岡圭祐

「面白くて知恵がつく人の死なないミステリ」、夢中で楽しめる至福の読書！　第1話 物理的不可能／第2話 雨森華蓮の出所／第3話 見えない人間／第4話 賢者の贈り物／第5話 チェリー・ブロッサムの憂鬱。

グアムの探偵　松岡圭祐

グアムでは探偵の権限は日本と大きく異なる。政府公認の私立調査官であり拳銃も携帯可能。基地の島でもあるグアムで、日本人観光客、移住者、そして米国軍人からの謎めいた依頼に日系人3世代探偵が挑む。

グアムの探偵 2　松岡圭祐

職業も年齢も異なる5人の男女が監禁された。その場所は地上100メートルに浮かぶ船の中！（「天国へ向かう船」）難事件の数々に日系人3世代探偵が挑む、全5話収録のミステリ短編集第2弾！

グアムの探偵 3　松岡圭祐

スカイダイビング中の2人の男が空中で溶けるように混ざり合い消失した！　スパイ事件も発生するグアムで日系人3世代探偵が数々の謎に挑む。結末が全く予想できない知的ミステリの短編シリーズ第3弾！

高校事変　松岡圭祐

武蔵小杉高校に通う優莉結衣は、平成最大のテロ事件を起こした主犯格の次女。この学校を突然、総理大臣が訪問することに。そこに武装勢力が侵入。結衣は、化学や銃器の知識や機転で武装勢力と対峙していく。